光文社古典新訳文庫

奪われた家／天国の扉　動物寓話集

コルタサル

寺尾隆吉訳

光文社

Title : BESTIARIO
1951
Author : Julio Cortázar

『奪われた家／天国の扉　動物寓話集』＊目次

奪われた家／天国の扉

動物寓話集

私の物語を気に入っていたパコへ。

奪われた家

僕たち二人があの家を気に入っていたのは、ただ古く（近頃では、資材がいい値段で売れるというので古い家はどんどん取り壊されている）広々としているからだけではなく、曽祖父母や父方の祖父、両親、それに少年時代の思い出がぎっしり詰まっていたからだ。

あの家に住んでいたのは僕とイレーネだけで、もうすっかり慣れっこになってはいたけれど、ゆうに八人も住める屋敷に二人で住むのは狂気の沙汰だった。毎朝僕らは七時に起きて掃除を始め、十一時頃、残りの部屋はイレーネに任せて僕はキッチンへ向かう。昼食はいつもきっかり正午、これが終われば皿洗い以外何もすることはない。奥行きの広い静かな家だけれど、掃除の手は二人で十分だと思うと、昼食もいっそう美味しく感じられる。家のせいで二人とも結婚できないのではないかと思われることすらあったほどで、イレーネはただ何となくすでに二人の求婚者を退け、僕は結婚の約束を取り交わす暇もなくマリア・エステルに先立たれた。二人とも四十代に差しかかり、曽祖父母の代からここに家を構えた我が一族も、今や物静かで素朴な夫婦のようになったこの兄妹を最後に、やむなく途絶えてしまうのだと内心観念していた。いつか二人が死んでしまえば、どこからともなく親戚が現れて家を相続し、建物を壊して土地とレンガを売り払ってしまうことだろう。いや、そのぐらいならいっそのこと、手遅れになる前に自分たちの手で処分したほうがいいだろうか。

イレーネは生まれつき誰の手を煩わすこともない女だった。朝の掃除が終われば、あとは一日中寝室のソファーで編み物をしている。なぜあんなに編み物ばかりしていたのかはわからない。確かに、世の中には、何もしないでいるための口実に編み物を使う女もいるだろうが、イレーネは違って、冬用のトリコット[1]や僕の履く靴下、自分で使うカーディガンやベスト、そんなものをいつも必要に迫られて編んでいた。時に

1　経(たて)メリヤスといわれる細い畝(うね)のある編み地。弾力・伸縮性があって、ほつれにくい。肌着・シャツなどに広く利用される。

は、いったんベストを編み上げた後で、何が気に入らないのか、あっという間に解いてしまうことがあり、そんな時には、籠にたまっていく毛糸の束が数時間前までの形を失うまいと抵抗しているように見えて、何ともおかしかった。毎週土曜日、僕が中心街へ出掛けて毛糸を買っていたのだが、イレーネは僕の趣味を信用しきっていて、どんな色を見ても喜び、返品などしたことは一度もなかった。外出したついでに僕は本屋に顔を出し、フランス文学の新刊はないかと探してみるが、いつも空振りに終わった。一九三九年を最後に、アルゼンチンには何一つ面白い本は入ってこなくなった。

そんな話はともかく、僕のことはどうでもいいから、家とイレーネの話を続けよう。編み物がなければ、イレーネはいったい何をしていたことだろう。一度読んだ本を読み返すのは簡単だが、一度編み上げたセーターをまた最初から編むとなればそうもいかない。ある時、何の気もなく楠材のチェストの一番下の引き出しを開けてみると、白、緑、薄紫、色とりどりのショールがナフタリンとともにまるで商品のようにびっしり並んでいた。いったい何のつもりなのか、イレーネに訊いてみる勇気はなかった。家計の心配はまったく無用で、農園から上がる収入が毎月きちんと入っており、その額は増える一方だった。それでも、イレーネには編み物が唯一の楽しみらしく、その見事な手さばきを前にすると、すっかり見慣れていた僕ですら、銀色のウニにも似たその両手に思わず何時間も見入ってしまうことがあった。何本も針が行き交い、床に置かれた一つか二つの籠のなかで毛糸玉がたえず動き回る様子には、僕も目を和まされたものだ。

家の間取りもよく覚えている。ダイニング、ゴブラン織の壁掛けを配した広間、書斎、そして三つの大きな寝室が、ロドリゲス・ペーニャ通りに面した裏手にある。オークの頑丈なドアの向こうへ続く廊下を隔てて表側には、バスルーム、キッチン、僕たちそれぞれの寝室があり、中央のリビングが寝室と廊下に繋がっている。入り口はマジョリカ焼きを飾った玄関ホールで、内扉の向こうがリビングになっている。つまり来客は、まず玄関ホールを抜けた後、内扉を通ってリビングへ入る。両側の壁にドアがあって、二人それぞれの寝室に繋がっており、正面の廊下が家の奥へ伸びている。廊下を辿ってオークのドアを開ければ、そこから建物の裏手が始まるが、手前で左へ折れて狭い廊下へ入ると、その先にキッチンとバスルームがある。オークのドアが開いていれば、誰でもこの家がかなり大きいことに気づくが、閉まっていれば、今風の狭いアパートのようにしか見えない。イレーネと僕はいつもこちら側で生活し、掃除の時以外、オークのドアを越えて向こうへ行くことはない。それにしても、家具になんと埃(ほこり)の溜まることか。ブエノスアイレスは清潔な町だが、それはひとえに住民がきちんと掃除をしているからだ。いつも空気は埃だらけなので、突風が吹いただけで、コンソールテーブル[2]の大理石に塵がつもり、マクラメレース[3]の菱形模様にまで入り込む。ハタキで払い落とすのも一苦労だが、宙を舞った埃は、しばらくあたりを漂った後、また家具やピアノの上に積もることになる。

あまりに簡単に、あっけなく起こったあの出来事を、僕はいつまでも忘れることがないだろう。夜八時頃だったが、イレーネは寝室で編み物をしており、僕はふと思い立ってマテ茶[4]のポットを火にかけることにした。廊下を進むと、オークのドアは半分開いており、左へ曲がってキッチンに足を向けたその時、ダイニングか書斎から物音が聞こえてきた。絨毯の上で椅子がひっくり返ったような、声を抑えて会話しているような、そんな鈍く不明瞭な音だった。そして同時かその直後に、オークのドアの向こうからも同じ音が聞こえてきた。間髪を入れず僕はドアに体当たりし、力任せにこれを閉ざした。幸い鍵はこちら側にあり、念のため僕は大きな閂(かんぬき)をかけた。

そのまま僕はキッチンへ向かい、ポットの湯を温めた後、マテ茶を乗せた盆を手にリビングへ戻ったところでイレーネに声をかけた。

「廊下のドアを封鎖してきた。裏手を奪われてしまった」

イレーネは編み物を取り落し、疲れたような目でまじまじと僕を見つめた。

「本当?」

僕は頷(うなず)いた。

「それじゃ」針を拾いながら彼女は言った。「こっち側で暮らすしかないわね」

僕は注意深くマテ茶を淹れ始めたが、イレーネはしばらく編み物が手につかなかった。あの時素敵なベストを編んでいたことを今でも覚えている。

---

2 広間の壁面に据え置かれた装飾用のテーブル。甲板(こういた)に大理石が用いられることが多い。
3 「マクラメ」はアラビア語で「飾り房」の意。ひもや糸などを結び合わせながらいろいろな幾何学的模様を作る手芸の一種。
4 南米原産のマテの葉や小枝を乾燥させた茶葉に、水または湯を注いで作る飲料。

奪われた部分にはいろいろと愛着のあるものを置いていたせいで、最初の数日間は苦痛だった。フランス文学関係の蔵書はすべて書斎に並べたままだったし、イレーネは小物入れを懐かしみ、冬の間重宝していたスリッパを惜しがった。僕は杜松のパイプが恋しく、イレーネは年代物のエスペリディーナを諦めきれなかったようだ。最初の数日間だけのことだったが、チェストの引き出しを閉めながら、二人悲しい目で見つめ合うこともよくあった。

「ここにはないね」

それもまた、家の向こう側に置きっ放しになった逸品の一つだった。

だが、いいこともあった。掃除が楽になり、朝九時半とか、そのぐらいに起きても、十一時には何もすることがなくなった。やがてイレーネも僕と一緒にキッチンへ足を運んで、昼食の準備を手伝うようになった。そして、いろいろ考えた末、僕が昼食の支度をする間に、イレーネは夕食用に冷えても美味しい食事を作る、そう二人で取り決めた。毎日夕暮れの後に寝室を出て食事の準備をするのは面倒だったから、どちらにとっても好都合だった。これからは、イレーネの寝室にテーブルを据えて、冷たい食事を運んでくるだけでいい。

思う存分編み物ができるようになってイレーネは満足だった。僕は本がなくなって少し当惑したが、妹に悲しい顔を見せぬよう、父さんの遺した切手コレクションを取り出し、それを眺めているだけで退屈せずにすんだ。イレーネの寝室のほうが居心地がよかったので、二人は次第にそこに腰を落ち着けるようになり、それぞれ気楽に時を過ごした。時にはイレーネがこんなことを言った。

「ねえ、こんなステッチを思いついたわ。クローバーみたいな模様にならないかしら?」

しばらくすると、今度は僕が彼女の目の前に四角い紙切れを差し出し、オイペンやマルメディ[6]のきれいな切手を見てもらう。何不自由ない生活で、少しずつ二人は何も考えなくなっていった。何も考えなくても生きてゆけるものだ。

5 アルゼンチン産のオレンジリキュール。
6 オイペンとマルメディは第一次世界大戦でドイツがベルギーの中立を侵した罰として、戦後になってドイツから切り離され、ベルギー政府の行政下に置かれた地域。

（イレーネが寝言を言うと、僕はすぐに目を覚ました。まるで偶像かオウムが発したような、喉（のど）からではなく夢から出てくるようなその声は、いつまでたっても僕の耳に障った。イレーネによれば、僕は夢にうなされて大きく体を揺すり、ベッドカバーを落としてしまうこともあるという。リビングを間に挟んで寝ているのだが、夜になれば屋敷内の物音はどんなに小さくても聞こえてくる。寝息や咳が聞こえるのはもちろん、ベッドサイドランプのスイッチに手を伸ばす様子までうかがわれ、お互い眠れずにいるのがわかることもしばしばだった。

それを除けば、家は完全な沈黙に包まれていた。昼間は、いつも聞き慣れた音、つまり、編み物の針が触れ合う金属音と、切手アルバムをめくるかすかな音が聞こえるだけだ。すでに述べたとおり、オークのドアは頑丈だった。奪われた部分に隣接するキッチンやバスルームでは、普段より大きな声で会話し、イレーネが子守唄を歌うこともあった。キッチンでは、皿やガラスの音がうるさくて他の音は聞こえない。だから沈黙に支配されることはなかったが、寝室かリビングへ戻ると、家は薄闇のなかで静まりかえり、二人とも足音を気にして忍び足で歩いたほどだった。イレーネが寝言を発するとすぐに僕が目を覚ましたのもそのせいだろう。)

その結末を除けば、ほぼ同じ事件の繰り返しだった。夜、喉の渇きを感じた僕は、寝室へ引き上げる前にイレーネに声をかけ、キッチンへ水を取りに行くと言った。彼女は編み物をしており、僕が寝室のドアを出たところで、キッチンのほうから物音が聞こえた。狭い廊下が音を吸収してしまうので、キッチンからだったのか、バスルームからだったのかはわからない。僕が急に立ち止まったのを見て、イレーネは黙ってそばへ寄ってきた。しばらくそのまま二人で聞き耳を立てていると、キッチンからであれバスルームからであれ、あるいはもっと手前の狭い廊下からであれ、とにかく物音はオークのドアのこちら側から聞こえてくることがはっきりとわかった。

二人目を見合わせる暇すらなかった。僕はイレーネの腕を取り、彼女を引きずるようにして内扉まで辿り着くと、後ろを振り返ることもなく飛び出した。相変わらず鈍い響きではあったが、背後で物音は激しさを増し、思い切り内扉を閉ざすと、二人は玄関ホールに立ちつくした。そして何も音は聞こえなくなった。

「こっち側も奪われたのね」イレーネが言った。手から編み物が下がり、内扉のほうへ伸びた毛糸はその下に挟まれて消えていた。毛糸玉が扉の向こうに取り残されたのを見て、イレーネは目を落とすこともなく編み物から手を離した。

「何か持ち出せた？」僕は意味もなく訊いた。

「いえ、何も」

着の身着のまま出ていくしかなかった。寝室のクローゼットに一万五〇〇〇ペソしまってあることを思い出したが、もはや手遅れだった。

腕時計をしたままだったので、夜の十一時であることだけはわかった。僕はイレーネの腰に腕を回し（彼女は泣いていたように思う）、二人で外へ出た。歩き出す前に無念さが込み上げ、僕は厳重に入り口の戸締りをした後で鍵をどぶに捨てた。もう時間も遅いことだし、哀れな悪魔が盗みでも思いついてあの奪われた家に押し入ったりでもすれば、一大事になることだろう。

パリへ発った婦人宛ての手紙

アンドレ、私にとって、スイパチャ通りのあなたのアパートへ移るのは本意ではありませんでした。それは小ウサギのせいではなく、空気の隅々まで手入れの行き届いた閉鎖的な空間へ足を踏み入れるのが辛いからです。あなたの住まいには、ラベンダーの調べや化粧パフの羽音、ララ四重奏のヴァイオリンとヴィオラの響きがたちこめています。美しい暮らしを営む人が、ここに本（一方にスペイン語、他方にフランス語と英語）、あそこに緑のクッション、小テーブルの所定の位置には、石鹸の泡をそのまま切り取ったようなガラスの灰皿、そして、香水、音、伸びてゆく観葉植物、故人の写真、定番の紅茶セットを乗せたトレイ、という具合に自分の内側を視覚的に再現した、そんな空間に足を踏み入れるのが苦痛なのです。ああ、愛しいアンドレ、心のうちでは大人しく受け入れていても、女性が自分のささやかな住まいに残していく緻密な空間に馴染めない、そんな状態がどれほど辛いことか。どうしても手元に置いておきたい辞書をテーブルのこちら側に置いておくためだけに、手にした金属製のカップを反対側の端へ追いやってしまうとき、どれほど罪の意識に苛まれることか。カップを少しでも動かせば、オザンファン[1]の流体に醜い赤を不用意に注ぐことになり、モーツァルトの交響曲の最も静謐な瞬間にいきなり弓でコントラバスの弦すべてを打ち鳴らしておぞましい騒音を立てるのと同じことになります。カップを一つ動かすだけで、部屋全体の調和、物と物の絆が崩れ、物たちの刻々と移ろう心が家全体の心、遠く離れた家主の心から離れてしまう、そんな感じがするのです。うっかり本に指を近づけたり、ランプの電球に手を触れたり、蓄音機の蓋を開けたりでもすれば、侮辱と挑発の感情が雀の群のように目の前を通り過ぎてゆきます。

なぜ私がこの家へ、正午頃には大変居心地のいいこの広間へやってきたのか、あなたはよくご存知でしょう。真実が明かされないうちは、何もかもが自然に見えるもの

1　アメデエ・オザンファン（一八八六〜一九六六年）、フランスのピュリスム（純粋主義）の画家。

です。あなたはパリへ旅立ち、私がスイパチャ通りのアパートへ移る、九月にあなたがブエノスアイレスへ戻る頃には、また私はどこか他の場所を探す、それまでの間、お互いにとって好都合なこの簡単な取り決めで、二人は大満足…　それはともかく、こんな手紙を書いているのは、あなたに小ウサギのことをお知らせしておいたほうがいいと思うからです。私は筆まめなほうですし、それに今日は雨かもしれません。

引っ越しを終えたのは先週の木曜日、霧と倦怠感の漂う午後五時頃のことでした。これまでの人生で一番というくらいの荷物を準備し、それまでどこにも持ち出すことのなかったトランクの開け閉めに多大な時間を取られたせいで、あの日は革ひもと影に視界を閉ざされたような気分でした。トランクの革ひもを見ていると、まるで影に刺されたような、そして、巧妙なだけによけい恐ろしい鞭に間接的に痛めつけられているような、そんな気分になります。それでも、とにかく荷造りを終えて、しばらくこのアパートに住むことをあなたの女中に告げ、エレベーターに乗り込みました。そしてちょうど二階と三階の間で、喉から小ウサギが込み上げてくるのを感じました。これまでずっと黙っていたのは、あなたを信用していないからではなく、わかってもらえると思いますが、小ウサギを吐き出すことがあるなんて、とても人に言う気にはなれなかったからです。こんなことが起こるのは、自分一人でいるときだけでしたから、一人きりのときに行う他のことと同じように、これも自分だけの秘密にしてきたのです。アンドレ、どうか、どうか私を責めないでください。私は時々小ウサギを吐き出すのです。だからといって、住む場所を選ぶ必要があるとは思いませんし、恥じ入ったり、人目を避けたりする必要があるとも思いません。

小ウサギが喉から込み上げてくると私は、口の中に指を二本、ハサミのようにして突っ込み、水に溶かした発泡錠のように産毛がちくちく喉を刺激し始めるまでそのまま待ちます。すべてが手際よく清潔に、わずか一瞬で終わります。口から指を出すと、そこに白い小ウサギが耳を挟まれた状態でぶら下がっています。満足そうな顔をした、何の変哲もないごく普通の小ウサギで、チョコレート製のウサギのように極小ではありますが、色も形もまっとうな白ウサギです。手の平に小ウサギを乗せ、指で毛を撫でつけてやると、生まれてきた喜びを体中に漲らせながら、普通のウサギがよく人間の手にするように、黙ったままくすぐるようにして口を皮膚にくっつけてきます。これは食べ物を欲しがっているしるしで、私は（郊外の別邸にいるときの話ですが）小ウサギをバルコニーへ連れ出し、そのために育てておいたクローバーの大きな鉢に放してやります。すると小ウサギは耳をピンと立て、口をせっせと動かして柔らかいクローバーを頬張り始めるので、それを確認した私は、もうこのままにしておいても大丈夫だと安心して、またしばらくの間、郊外の農園でウサギを飼う人たちと何ら変わらぬ日常生活に戻ることができます。

そうです、アンドレ、二階と三階の間で、まるでこれからあなたの家で送る生活がどうなるか予告でもするように、小ウサギが喉から込み上げてきたのです。すぐに私は恐怖を覚えました（当惑と言ったほうがいいでしょうか？　いや、当惑への恐怖というのがおそらく最も正確な表現でしょう）。引っ越しのわずか二日前にも小ウサギを吐き出していたので、これであと一か月、五週間、うまくいけば六週間ぐらいは大丈夫だろうと思っていたのです。わかってください、私にとって小ウサギの問題は、すでに解決済みのはずだったのです。別邸のバルコニーでクローバーを育て、小ウサギを吐き出すたびに餌を与えていれば、一か月ほど経って、また次がいつ来てもおかしくない状態になっていても、すでに大きくなったウサギは、私を物好き扱いするだけでまったく不審に思わないモリーナ夫人が引き取ってくれます。別の鉢にはすでにクローバーが食べごろに柔らかく育っていますから、あとはまた産毛に喉をちくちくくすぐられる朝を安心して待ち、いざまた小ウサギが出てくれれば、前と同じサイクルを繰り返すだけです。アンドレ、すべてが習慣になれば、それが具体的な生活のリズムとなり、リズムがあれば生活は楽になります。決まった手順、同じサイクルがひとたび出来上がってしまえば、小ウサギを吐き出すのもたいして恐ろしいことではありません。確かに、なぜわざわざクローバーまで育てて、モリーナ夫人にウサギを引き取ってもらうのだ、生まれる端からさっさと始末してしまえばいいではないか、そうお思いになるかもしれません。ああ、一度でもあなたが小ウサギを吐き出して手に取った経験があれば…　そう、ついさっきまで自分の一部だったという不思議なオーラをまとった小動物が、生まれるやいなや手の平にじゃれついてくる、そんな体験があれば…　一か月は意外に長いものです。一か月あれば、体は大きく、毛は長くなり、目は野性味を帯び、ぴょんぴょん飛び跳ねるようになりますから、違いは決定的です。アンドレ、一か月、一か月あれば本物のウサギになるのです。でも、最初の瞬間には、生温かくうごめく小さなかけらのうちに、紛れもない命が感じられます…　生まれくる詩文のように、エドム[2]の夜の実りのように、自分の一部、自分自身なのです…　それがやがて、レターサイズの白紙のような平板な世界に降り立って私から離れ、独り立ちした生物となります。

それでも私は、これからは生まれるたび、すぐに小ウサギを殺そうと決意しました。あなたの家で四か月も過ごすとすれば、小匙でアルコールを飲ませるのは四回、運がよければ三回…（これを慈悲とでも言うべきなのか、小匙でアルコールを飲ませれば、小ウサギは即座に死んでしまいます。ご存知でしたか？　聞くところによると、そのほうが肉も美味しいそうですが、私は…　小匙でアルコールを三回か四回、あとはトイレで流してしまうか、箱に入れてゴミとして捨てるだけです。）

四階を過ぎたところで、小ウサギは手の平を動き回っていました。上ではサラが荷物運びを手伝おうと待ち構えていました…　気紛れなのか、ペットショップの店主が乗り移ってしまったのか、とにかく自分でも説明はつきません。私は小ウサギをハンカチに包んで外套のポケットに入れ、圧迫しないよう前をはだけました。かすかな動きが感じられました。たとえ頭は小さくても、重大な事実を察したにちがいありません。そう、命とは上を目指して跳ねる最後のジャンプであり、同時に、生温い井戸の底でラベンダーの匂いに包まれた白く低い空でもあるのです。

サラは何も気づかなかったらしく、クローゼット代わりのトランクや書類がどうしても彼女の整理整頓の概念にそぐわず、むやみに「たとえば」を多用する込み入った説明を前に私が無反応なので、すっかり面食らっていたようです。隙を見て私はバスルームへ入り、殺すならこの時でしたが、心地よい温もりに包まれたハンカチから姿を見せた真っ白い小ウサギが、いつにもましてかわいらしく見えたように思います。私のほうを見ることもなく、ただじっと嬉しそうに動いているだけでしたが、そのほうがかえってこちらは怖気づくものです。私は小ウサギを空の薬箱に閉じ込め、そのまま荷解きに戻ることにして、当惑しながらも、悲しみや罪の意識に囚(とら)われることはなく、最後の鼓動を手の平にとどめておくため、石鹸で手を洗うことすらしませんでした。

その時には、自分に小ウサギを殺す勇気がないことはわかっていました。ところが、その日の夜、私はもう一羽、黒い小ウサギを吐き出してしまったのです。そして、その二日後にはまた白い小ウサギ、四日目の夜には灰色の小ウサギを吐き出したのです。

2 「エドム」は、エルサレムを滅ぼしたバビロニア人に加担し、ヤコブの子孫に対して暴虐を加えた勢力。神への敵対あるいは反ユダヤ主義を象徴する。

おそらくあなたは、寝室のクローゼット、大きく開く扉の向こうで空っぽのまま私の服を待ちわびたような棚を隠すあの美しいクローゼットに、並々ならぬ愛着を抱いていることでしょう。今はそこが小ウサギたちの棲家です。あなたにもサラにも信じられないでしょう。サラは何も気づいておらず、当然ながら、私が昼夜身の毛もよだつほど恐ろしい作業に忙殺され、内側から身を焼かれるような思いを味わっていることなど知る由もありません。まさに、あなたが浴槽に置いていったヒトデ、湯船に浸かるたびに体を塩と灼熱の太陽と深淵の重低音で満たすあのヒトデのように、体が固まってしまいそうです。

昼間は眠っています。全部で十羽。昼は眠っています。扉を閉めてしまえば、彼らにとってクローゼットは昼でも夜ですから、大人しく安眠を貪っています。仕事へ出るとき、私は寝室に鍵をかけていきます。サラにはこれが不信のしるしと映るらしく、不満そうな目で私を見つめ、毎朝何か言いそうになりますが、結局はいつも口をつぐみ、私はほっと胸を撫で下ろします。(九時から十時が寝室掃除の時間ですが、その間私は広間でできるだけ大きな音を立て、アパートいっぱいに響くほどのボリュームでベニー・カーターのレコードをかけます。サラもサエタやパソドブレが大好きで、クローゼットで音がしても気づきはしないでしょうし、小ウサギたちは夜の安眠を貪っていますから、そもそもまったく音などしないのかもしれません。）

ウサギたちの一日が始まるのは、夕食後、カチャカチャと音をさせながらサラが紅茶セットのトレイを片づけ、お休みなさいと声をかけて ―そうです、アンドレ、心を込めてお休みなさいと言ってくれるのが、私にとっては心の痛む瞬間です― 部屋へ引き下がったときからです。突如私は、忌まわしいクローゼットの横に一人取り残され、あとはわびしい気持ちで務めを果たすだけです。

外へ出た瞬間からウサギたちは、ポケットに隠して運んできたクローバーの匂いを嗅（か）ぎつけ、猛烈な勢いで広間へ殺到するかと思えば、絨毯に束の間の模様を落とす

3 ベネット・レスター・〝ベニー〟・カーター（一九〇七～二〇〇三年）、アメリカのアルト・サックス奏者、クラリネット奏者、トランペット奏者、作曲家、バンドリーダー。一九三〇年代から一九九〇年代のジャズの大物で「王（King）」と呼ばれた。

4 サエタはフラメンコ系の宗教音楽の一種、パソドブレはフラメンコと闘牛をイメージしたダンス音楽の一種。

葉っぱを引っ掻き、蹴散らしながら、瞬く間にすべて平らげます。彼らが黙ったまま、旺盛な食欲で規律正しく食事をしている間は、取り立てて何も言うことはありませんし、意味もなく本を手に取って―ジロドゥ[5]の本すべてと、一番下の棚に置いてあったロペスの『アルゼンチンの歴史』くらいは読み終えたいと思っていたのです、アンドレ―、ソファーから様子を眺めているだけです。やがて彼らはクローバーを食べ終えます。

　全部で十羽、そのほとんどが白です。生温かい頭を上げて見つめる広間の電球が、彼らにとっては三つの動かぬ太陽らしく、夜は月も星も街灯もなくて光が恋しいのか、三重の太陽を満足そうに眺めています。動かないでほしい、足元でじっとしていてほしい―アンドレ、これこそ多かれ少なかれあらゆる神の夢なのでしょう、そう、決して叶わぬ神々の夢なのでしょう―、そんな私の願いもむなしく、十個の身軽な点が、天空を移動する星座のように動き始め、絨毯や椅子を飛び跳ね、ミゲル・デ・ウナムーノ[6]の肖像画の裏から顔をのぞかせ、薄緑の水差しの周りを這い回り、書き物机の黒い洞穴から姿を現すのですが、いつもその数は十羽に足らず、七羽か八羽、残りの二羽はどうしたのだろう、サラが起き出したらどうしようなどと思いながら、ロペスの本に記されたリバダビア大統領時代[7]になんとか意識を集中しようとしています。アンドレ、自分でもどうやって耐えているのかわかりません。覚えているでしょうが、私は休息を求めてあなたの家へ移ったのです。時々私が小ウサギを吐き出すのも、引っ越しを機に私の内側で大きな変化が起こったのも　―これを魔法と呼ぼうが何と呼ぼうが事態は同じで、事の成り行きを簡単に変えることはできませんし、それに、相手に右の頬を差し出した途端、いきなり事態が急展開することもあるのです―、私のせいではありません。そうです、アンドレ、違った道程を辿っても、結局は同じことなのです。

この手紙は夜書いています。現在午後三時ですが、ウサギたちにとっては夜中です。昼間彼らは眠っています。ああ、叫び声と指示とロイヤル社のタイプライターと副社長とガリ版に埋もれたこのオフィスにいると、何と心安らぐことか！　ああ、アンドレ、

5　ジャン・ジロドゥ（一八八二～一九四四年）、フランスの外交官・劇作家・小説家。
6　ミゲル・デ・ウナムーノ（一八六四～一九三六年）、スペインの哲学者、著作家、詩人、劇作家。
7　ベルナルディーノ・リバダビア、アルゼンチンの初代大統領。

何という安らぎ、平和、そして恐怖なのでしょう！　電話が入り、夜めっきり外出しなくなった私は友人たちの心配の種になり、ルイスに散歩に誘われ、ホルヘにはコンサートのチケットを取っておいたと言われ、断る勇気もない私は、体調が悪いとか、翻訳に追われているとか、そんな無用の言い訳をくどくどと並べます。そして毎晩帰宅してエレベーターに乗り込むと――そう、二階と三階の間です――、このすべてが夢であってほしいとむなしく希望を抱かずにはいられません。

あなたの調度品に傷がつかぬよう、できるだけのことはしています。一番下の棚の本はすでに少し齧られてしまったので、サラに気づかれないよう偽装してあります。古（いにしえ）の蝶と馬をあしらった陶器の台に乗ったスタンドは、あなたのお気に入りの一品だったようですね。イギリス人商店で入手した特殊なパテ――ご存知のとおり、パテならイギリス人の店で買うにかぎります――のおかげで、ヒビはほとんど目につきませんし、今では私がずっとそばに張りついて、また小ウサギに蹴飛ばされることのないよう目を光らせています。（遠い人間を懐かしんでいるのか、無愛想な目つきであたりをうろつく神を真似ているのか、彼らが後ろ足で立つ姿は美しくすらあります。おそらくあなただって幼い頃には、小ウサギが壁に前脚をもたせ掛けて何時間もじっと立ったまま行いを悔い改めようとしている様子をご覧になったことがあるでしょう。)

朝五時頃(緑のソファーで少しうとうとするのですが、絨毯の上を駆ける足音や、何かが倒れる音がするたびに目を覚まします)、私はウサギたちをクローゼットへ戻し、掃除に取り掛かります。そのせいでサラは何も気づかないのですが、時にはその顔に控え目な驚きが現れることもあり、何かに目をとめたり、絨毯にできた染みを見つけたりして、何か訊きたそうにしている気配を察すると、私はフランク[8]の「交響的変奏曲」を口ずさんでそらとぼけています。アンドレ、音のない植物的夜明けを迎える苦悩を細部まで話す必要はないでしょう。ぼんやりした頭で、眠気で頭がおかしくなりそうなのに、何度も家具に頭をぶつけながら、クローバーの茎や切れ端、白い産毛を拾い集め、ジード[9]の読書は先延ばし、トロワイヤ[10]の翻訳は後回し、電話の向こう

8 セザール＝オーギュスト＝ジャン＝ギヨーム＝ユベール・フランク(一八二二〜一八九〇年)、ベルギー出身、フランスで活躍した作曲家、オルガニスト。「交響的変奏曲」は一八八五年作曲のピアノと管弦楽のための変奏曲。

で訝る夫人への返答も…　こんな話はやめましょう、電話やインタビューの間にこんなことを書き連ねてどうなるというのでしょう。

アンドレ、愛しいアンドレ、唯一の慰めは、なんとか十羽で止まっていることです。二週間前に手の平で最後の小ウサギをなんとか押しとどめ、それで事態は沈静し、その後は今いる十羽だけが、昼夜逆転の生活ですくすく育ち、長い毛も生え始め、もはや醜く、思春期の気紛れと落ち着きのなさを発揮して、アンティノウス[11]の胸像に飛びついたり（何も映らぬ目で見つめる青年はアンティノウスですよね？）リビングへ紛れ込んだり、そんな時には、ウサギたちの動き回る音が大きく響き渡るので、サラが気づいて怯えた顔でネグリジェ姿のまま―きっとサラはネグリジェで寝ているはずです―　現れる前に、奴らをさっさと追い出さないと…　たった十羽、わかってもらえるでしょうか、これが今の私にはささやかな喜びで、今では帰宅途中の二階と三階の間の窮屈な空間も落ち着いてやりすごすことができます。

大事な仕事を任されたせいでこの手紙を中断せねばなりませんでした。アンドレ、今はあなたの家で、夜明けの重々しいグリザイユ[12]のなか、手紙の続きを書いています。

本当に一日経ってしまったのでしょうか、アンドレ？　ページに挟まれた空白は、あなたにとっては単なる小休止にすぎず、昨日の字と今日の字を繋ぐ橋でしかないのでしょう。ところがその小休止の間にすべては壊れ、あなたにとって橋でしかないものが、私にとっては怒り狂う濁流の迸りとなり、ページのこちら側、手紙のこちら側では、仕事を頼まれて中断する前の冷静な心はすっかり失われてしまいました。悲しみを知らぬ四角い夜の内側で、十一羽の小ウサギが眠っています。今なのか、いや、ちがう…　エレベーターのなかか、降りた後か、あるいは乗り込んですぐか、場所はど

9　アンドレ・ポール・ギヨーム・ジード、（一八六九～一九五一年）、フランスの小説家、ジイド、ジッドとも表記される。代表作に『狭き門』など。

10　アンリ・トロワイヤ（一九一一～二〇〇七年）、フランスの小説家、伝記作家、随筆家。アルメニア系ロシア人。フランス屈指のベストセラー作家のひとり。

11　ローマ皇帝ハドリアヌスの寵愛を受けた男性。死亡したのは十八歳位と推定される。古代から多くの芸術作品に表現され、その顔はよく知られている。

12　モノクロームで描かれた絵画のこと。一般に灰色か茶色が使われ、他の色が微妙に使われることもある。

うでもいいし、今がいつなのか、私に残された今のうち、どの今であったとしても、もはや気にはなりません。

もうやめましょう、私が書き残しておきたかったのは、あなたの家が避けようもなくズタズタになってしまった、その全責任が私にあるわけではないということです。この手紙を投函して、明るいパリの朝にあなたのもとへ届くよう手配するのはあまりに悪趣味ですし、そのくらいならあなたが帰るまでこのままここへ置いておくほうがいいでしょう。昨晩私は、下から二番目の棚の本をすべて逆向きにしました。後ろ脚で立つか飛び跳ねるかすればもうそこまで届くので、ウサギたちは歯磨きのかわりに背表紙を齧ってしまうのです（いつも十分な量のクローバーを買って、机の引き出しにしまっていますから、空腹のせいではありません）。奴らはカーテンを引きちぎり、長椅子の布を破り、アウグスト・トーレス[13]の自画像の縁を齧り、絨毯を毛だらけにしたばかりか、大声で鳴き始めたのです。スタンドの明りの下で輪になって、私を崇めるような仕草をしながら、突如鳴き始めたのです。それも、とてもウサギの鳴き声とは思えないほどの大声で。

無駄な努力とは知りながら、私は絨毯を汚す毛を拾い集め、齧られた布の縁を撫でつけ、奴らをまたクローゼットへ戻しました。すでに陽は上り、もうすぐサラが起きてくることでしょう。不思議なことに、もはやサラのことは気になりません。不思議なことに、奴らが玩具を探して飛び回っていても、もはや何も感じません。すべてが私のせいではありません。帰宅された折には、イギリス人の店で手に入れたパテで私が多くの傷を修復したことにお気づきになるでしょうし、あなたの気分を害さぬよう、できるかぎりのことはしたつもりです…私にとって、十と十一では天と地ほどの差があります。わかってくださると思いますが、十羽であるうちは、クローゼット、クローバー、希望、その他、何とかやっていくことができます。しかし、十一羽となればそうはいきません。アンドレ、十一は十二に等しく、十二になればすぐ十三になってしまうのです。すでに夜明けが訪れ、冷たい孤独のなかに、喜びと思い出、あなた、その他様々なものの気配が感じられます。スイパチャ通りに面したバルコニーは朝の光に溢れ、街が活動を始める音が聞こえてきます。舗石の上に散らばった十一羽の小

13　アウグスト・トーレス（一九一三～一九九二年）、ウルグアイの画家。

ウサギを拾い集めるのはたいして骨の折れる作業ではないでしょうし、就学児童が通り始める前にさっさと片付けてしまったほうがいい死体に気を取られて、おそらく誰もウサギになど目もくれないでしょう。

遥かな女

——アリーナ・レエスの日記

一月一二日

昨夜もまた同じ、ブレスレットにも口車にも「ピンク・シャンペン」にもうんざり、それにレナト・ビニェスの顔ときたら、ああ、ふてくされたアザラシと同じ顔、最低級のドリアン・グレイ。ミントのキャンディにレッド・バンク・ブギ[1]、それに母さんシンデレラの欠伸（シンデレラみたいに十二時にパーティーから戻って眠りこける母さんは、人間じゃなくて巨大な魚みたい）の味を口に残したまま就寝。

ノラは、騒がしい部屋で電気を点けっぱなしにして、服も脱ぎかけのまま、お姉さんが繰り出すせわしない噂話に耳を傾けながら寝るんだって。幸せね、私なんて電気も手も消して、昼行性の雄叫びと一緒に裸で眠ろうとしても、響きの恐ろしい鐘となり、波となり、レックスに一晩中茂みの間を引きずられる鎖となり…「ナウ・アイ・レイ・ミー・ダウン・トゥ・スリープ…」詩でも念じたり、まず「a」の音が入る言葉、次に「a」と「e」が入る言葉、母音五つみんな入る言葉、四つ入る言葉、そんな具合に次々探してみたり。母音二つに子音一つ（「丘」、「汗」）、母音三つに子音一つ（「浅い」、「依頼」）、また詩を思い出し、月はチュベローズ[2]を腰に巻いて鍛冶場へ降り立ち、子供が望遠鏡で眺め、子供が眺める。母音子音三つずつ、稼ぎ、後ろ、カバラ[3]、ガラス、嵐、休み。

そんなふうにして時は過ぎていく。母音四つ、子音三つに母音二つ、やがて回文作り。簡単なものから、ダリ無理だ、友の痔は恥のもと、でも、やっぱり難しいほど素敵、臭う兄貴に会う鬼、テレサまだ男のことを騙（だま）されて。見事なアナグラムもたくさんある、オスカア・ワイルド、ドルは明日お買い、アリーナ・レエス、あれエースな

1　カウント・ベーシーのジャズ・アルバム。
2　リュウゼツラン科の多年草。ゲッカコウ（月下香）ともいう。
3　ユダヤ教の伝統に基づいた神秘主義思想。創造論、終末論、メシア論を伴う。

り。これはいい、いろいろ取り方があって、一つに定まらない。「あれ」は驚きの言葉？ 誰がエースなの？……

だめ、恐ろしい。可能性はあっても私はエースにはなれない。やはり夜は憎い。アナグラムのエースではないアリーナ・レエスは、何にだってなれる、ブダペストの物乞い、フフイ[4]の娼婦、ケツァルテナンゴ[5]の女中、遥か遠く、イエス以外。でもやはりアリーナ・レエス、昨夜もまた出かけ、あの子を、そして憎しみを感じた。

一月二〇日

時々わかることがある、寒いのだろう、苦しいのだろう、ぶたれているのだろう。私にできるのは憎むことだけ、あの子を薙ぎ倒す手を憎み、ぶたれたあの子をもっと憎む、ぶたれたあの子は私。ああ、寝ているとき、裁縫をしているとき、母さんの相手をしているとき、レグレス夫人やリバス家の坊ちゃんにお茶をいれているときなら、それほど苦しくはない。個人的な、自分一人だけのことだから、あまり気にならない。

遥か遠くに一人でいても、自分の不遇は自分のせい、一人だけの問題。苦しめばいい、凍えればいい。ここにいる私は大丈夫、そのほうがあの子のためにもなるだろう。負傷したわけでもない兵士に包帯を巻いてやれば、それで気持ちが落ち着くのと同じ、前もって苦痛を和らげてやることができるかもしれない。

苦しめばいい。レグレス夫人に挨拶のキスをして、リバス家の坊ちゃんにお茶をいれて、耐える力を体内に蓄える。「今私は凍った橋を渡っている、破れた靴から雪がしみてくる」、こう自分に言い聞かせてみる。何かを感じるわけではない。でも私にはそれがわかる、リバス家の坊ちゃんがお茶を受け取り、最高の間抜け面をするその瞬間に、どこかで私は橋を渡っている。無意味な人たちに囲まれているから耐えられるし、苦しくもない。昨夜ノラはバカみたいに訊いてきた、「ねえ、どうしたの？」どうかしたのはあの子、遥か遠くにいる私。何か恐ろしいことが起こったにちがいない、ぶたれたか、気分が悪いか、ノラがフォーレ[6]を歌おうとして、私はピアノに向

4　アルゼンチン北部の州。
5　グアテマラの南部にある内陸の都市。グアテマラシティに次ぐグアテマラ第二の都市。

かったままルイス・マリアの幸せそうな顔を眺めている、ポーズでも取るように縁に肘をつき、満ち足りた犬の顔で私を見つめながら、アルペジオの音を待っている、こんなに近くから愛情を捧げ合っている。こうなると最悪、あの子について何か新事実が伝わってくるちょうどその時、私はルイス・マリアと踊り、彼にキスし、傍を離れない。私は、遥かな女は、好かれてはいない。たとえ好かれていなくても、たとえぶたれても、私は内側から引き裂かれる思いを味わうわけではないし、ルイス・マリアと踊りながら、彼の手が真昼の温もりのように腰から上がってくるのを感じながら、渋いオレンジや強い蓬萊竹(ほうらい)の味を噛みしめながら、靴から雪がしみてくるのを感じるわけでもない、あの子はぶたれ、もう耐えられないからルイス・マリアに言う、気分が悪いの、湿気のせいだわ、じめじめする雪なんか感じているわけでもないのに、何も感じてはいないのに、それでも靴から雪がしみてくる。

一月二五日

そう、ノラがやってきて一芝居ぶった。「ねえ、お願い、もう一回だけピアノの伴奏をして。この前は絶好調だったじゃない」絶好調？　適当にやっただけ、ノラの声だってミュートがかかったようにしか聞こえなかった。「あなたの心は選りすぐりの景色…[7]」鍵盤の上に私の手が見えて、どうやら上手に弾いているらしく、ノラをうまく引き立てたようだ。かわいそうに、ルイス・マリアも私の手を見つめていたけれど、あれは顔を見る勇気がなかっただけ。私は妙な顔をしているらしい。

かわいそうなノラ、他の伴奏者を探すほうがいいわ。（すべてがどんどん罰じみていく、幸せが近づいてくると、幸せになると、自分が遥か遠くにいるような気がする、ノラがフォーレを歌うと、私は遥か遠く、憎しみしか残らない。）

6　ガブリエル・ユルバン・フォーレ（一八四五～一九二四年）、フランスの作曲家。歌曲「夢のあとで」「月の光」、歌曲集『優しい歌』など。

7　フォーレの歌曲「月の光」（ヴェルレーヌの詩）の冒頭。Votre âme est un paysage choisi …

時々湧き起こる優しさ、エースではない女の子、その辺にいる女の子に対して突如避けがたく湧き起こる優しさ。あの子に電報を打ってみたい、伝言をしたい、子供たちは元気か、いや、そもそも子供がいるかどうか ―向こうの私に子供はいないと思う― 知りたい、励ましが欲しいのか、それとも同情か、甘いものでもいいのか。昨夜は、メッセージをどう伝えるか、どこで会えばいいか、あれこれ考えながら眠った。モクヨウビ、ハシデマテ。どこの橋だ？ こんなことを考えるたびにブダペストが思い浮かび、ブダペストの物乞い、たくさんの橋や、靴にしみる雪が現実味を帯びる。すると私はベッドで固まり、ほとんど雄叫びを上げそうになりながら、母さんに起きてほしい、嚙みついて起こしてやろうと思う。ちょっと思い浮かべてみただけなのに。まだ言葉ではうまく言えない。その気になれば今すぐブダペストへ行ける、そんなことを考えただけなのに。あるいは、フフィ、ケツァルテナンゴ。（この日記を遡って名前を調べてみた。）意味はない、トレス・アローヨス[8]でも神戸でも、フロリダ通り四百番地でも同じこと。ブダペストしかない、寒いのも、ぶたれるのも、苦汁を嘗めなさせられるのもあの町でだけ。向こうには（夢に見た、ただの夢だけど、しつこく現実のように迫ってくる）ロッド —あるいは、エロッド、ロードー— という名前の男がいて、私を殴る。でも私は彼を愛している、いや、愛していないかもしれないけれど、とにかく黙って殴られている、定期的に殴られ、そのせいで愛しているのだとわかる。

少し後で

嘘よ。ロッドの夢といっても、身近にある陳腐なイメージが夢に入り込んだだけかもしれない。ロッドなんていない、向こうで罰を受けるとしても、それが男なのか、怒り狂った母なのか、孤独なのか、わかりはしない。

自分探しの旅。ルイス・マリアに言おうかしら、「ねえ、結婚しましょう、そしてブダペストへ、雪と女の橋へ連れて行って」でも、もしそこに私がいたら？（都合の

8 アルゼンチン、ブエノスアイレス州の都市。

いい私は、心の奥でこっそり信じまいとしながらあれこれ考えている。でも、もしそこに私がいたら?)そう、もし私がいたら… 頭がおかしくなりそう、ただそれだけ… なんて新婚旅行だろう!

一月二八日

面白いことを思いついた。もう三日も遥かな女のことを忘れていた。もう殴られていないのだろうか、コートを手に入れたのだろうか? 電報か、靴下でも送ることができれば… 面白いことを思いついた。あの恐ろしい町へ着いてみると、すでに午後、しかも、想像力で脚色したように緑っぽい、水っぽい午後だった。ドブリナ・シュタナ通り沿いのシュコルダ展望台には、毛を逆立たせた石筍(せきじゅん)[9]の馬、堅苦しい警官、湯気の立つ丸パン、窓を自惚れさせる風の房。青いテーラーメイドのポケットに地図をしのばせ(これほど寒いのにコートをブルクロス[10]に置いてくるとは)、観光客の足取りでドブリナ通りを辿り、川、轟音とともに氷を砕きながら流れる川に面した広場へ出ると、渡し船や、現地ではスブナヤチェノとかそんなひどい名前で呼ばれるカワセミも見える。

橋は広場を越えたところにある。そう思ったが、それ以上進めなかった。午後オデオン座でエルサ・ピアッジオ・デ・タレッリ[11]のコンサートがあり、どうせ今夜は眠れなくなるだろうと思いながら、しぶしぶ着替えをすまさねばならなかった。夜あれこれ考えていると、夜だけに…迷子にならないだろうか。あれこれ名前をつけながら頭のなかで旅をしていると、ドブリナ・シュタナとかスブナヤチェノとかブルクロスとか、その時だけは名前を憶えている。広場の名前まではわからない、本当にブダペストの広場へ出たのに、名前を知らないおかげで迷子になった、そんなことが起こるかもしれない。

9　鍾乳洞の床にみられる、たけのこ状に突き出た岩石。上壁から落ちるしずくの石灰分が沈殿して固まったもの。
10　ルーマニア北西部に位置する都市デジのドイツ語名。
11　エルサ・ピアッジオ・デ・タレッリ（一九〇六〜一九九三年）、アルゼンチンの女流ピアニスト。

今行くわ、母さん。バッハだろうがブラームスだろうがだいじょうぶ、道は簡単だもの。広場もなければブルクロスもない。私たちはこっち、エルサ・ピアッジオはあっち。せっかく広場まで来た（これも嘘、ただ頭で思っただけ、本当は何もない）のに、ここで中断なんて残念。広場の向こうに橋があるはず。

夜

始まり、続き。コンサートの終わりと二回目のアンコールの間に、広場の名前と道順がわかった。ヴラダス広場に市場橋。ヴラダス広場から橋に向かって歩きながら、時には家並やショーウィンドーに誘われ、厚着の少年たちや、色褪せたケープをまとった英雄たちの銅像を祀った泉、タデオ・アランコにヴラディスラス・ネロイ、トカイワイン[12]を飲む男たちやシンバル奏者が目に入る。ショパンとショパンの間に哀れなエルサ・ピアッジオが一礼する様子が見え、平土間席を出て堂々と広場へ入ると、大きな柱の間から橋が伸びていた。でも、これは頭のなかの話、そう、アリーナ・レエスを「あれエースなり」に変えるのと同じ、頭のなかでは、母さんはもう傍におらず、スアレス家に行っている。バカ話はほどほどにしておこう、私だけの問題、私の勝手、自由。だって本物のアリーナは――あの子が寒がったりぶたれたり、そんなことは何も感じていない。勝手にいろいろ想像しているだけ、好きで道を辿っているだけ、ルイス・マリアはブダペストへ連れて行ってくれるかしら？　結婚したらブダペストへ行きたいと言ってみよう。あの橋、私自身を探すほうが簡単、歓声と拍手の間に、もっと大きな拍手を聞きながら、もう橋の真ん中まで辿り着いた、「アルベニス！」[13]、「ポロネーズ！」[14]、そんな言葉は、風の力で背中を押す刺々(とげとげ)しい雪、橋の真ん中まで私の腰をぐいぐい引っ張っていくスポンジクロスの手のような雪の前では、何の意味も持ちはしない。

（現在形で書くほうが書きやすい。エルサ・ピアッジオが三度目のアンコールに応

12　ハンガリーのトカイ地区で作られるワイン。

13　イサーク・マヌエル・フランシスコ・アルベニス・イ・パスクアル（一八六〇～一九〇九年）、スペインの作曲家、ピアニスト。

14　マズルカと並ぶポーランド起源のダンスまたはそのための曲の形式。フランス語では「ポーランド風」の意。

えたのが八時頃、フリアン・アギーレ[15]だったか、カルロス・グアスタビーノ[16]だったか、とにかく草と鳥の歌だったように思う。）でも私は時とともにろくでなしになり、敬意も何も忘れてしまった。ある日こんなことを思ったのを覚えている。「向こうで私はぶたれる、向こうで私は靴からしみる雪に凍える、向こうで起こっていることが同時に私にもわかる。でも、なぜ同時？　遅れて届くこともあるかもしれないし、まだ起こっていないかもしれない。ぶたれるのは十四年後かもしれないし、すでにサンタ・ウルスラ霊園の十字架と数字になっているかもしれない」こんなバカげた話が、起こりうるばかりか、美しくすら見えてくる。その後にはいつも、また同じ均等な時間が待っている。今あの子が本当に橋を渡っているならば、ここからでも、今この瞬間にそれが感じられるにちがいない。立ち止まって川面を見つめると、分離したマヨネーズのような怒りの泥が橋桁を叩きつけ、鞭の音を立てて流れている、そんな記憶がよみがえる。（ただ頭で思っただけ。）欄干から身を乗り出せば、下で氷の割れる音が耳まで届く。あそこにしばらく突っ立っていたのは、目前に広がる光景のせいだろうか、内側から恐怖がこみあげてきたせいだろうか――それとも、寒さのせいだろうか、解け出した雪のせいだろうか、ホテルに置いてきたコートのせいだろうか。私は控えめで虚栄心のない女だけれど、こんな経験をした人って他にいるのかしら、オデオン座にいながらハンガリーまで行くなんて。ここでもフランスでも、そんなことがあればぞっとするのは当然でしょう。

でも、母さんに袖を引っ張られ、すでに平土間席はほとんど空っぽ。そこまで書いたら、もう考えたことを思い出す気力もない。記憶を振り絞り続けていると、頭がどうにかなってしまいそう。でもこれだけは本当、面白いことを思いついたの。

一月三〇日

哀れなルイス・マリア、私と結婚なんてバカげてる。とんだお荷物を背負い込むこ

15　フリアン・アギーレ（一八六八～一九二四年）、アルゼンチンのピアニスト、作曲家。
16　カルロス・グアスタビーノ（一九一二～二〇〇〇年）、アルゼンチンのピアニスト・作曲家。

とになるのに。独立独歩の知識人を気取るノラなら、「足枷(あしかせ)になる」とでも言うのかしら。

一月三一日

向こうへ行くことになりそう。二つ返事で賛成してくれて、驚きの叫びが漏れそうになった。あんまり簡単にゲームに乗ってくるから、なんだか怖いほど。彼は何も知らない、エースの代わりに脇役があっけなくゴールしてしまうような感じかしら。エースの脇役、その名はルイス・マリア。あれエースなり…

二月七日

静養しよう。コンサートで思い描いたことの顚末はここには書くまい。昨夜またあの子の苦しみが感じられた。向こうでまた私がぶたれている。知りたくなくても知らずにはいられない、でも、もうこんな話はたくさん。単なる趣味か、気晴らしのためだけに書いているつもりだったのに…　残念ながら、読み返してみると何かを知ろうとしていたみたい。夜ごと紙に書きなぐってきた言葉が暗号のように見える。広場のこと、氷を割って流れる川、その音、その後…　もう書くのはやめよう、もう二度と書くまい。

向こうへ行けば、単に独り身の辛さが身に染みついていただけだったのだ、二十七歳まで男のいない生活がいけなかったのだ、そうわかることだろう。もうすぐ子供、私の子も生まれるんだし、あれこれ考えるのはやめよう、自分、自分のままでいるほうが身のためだわ。

でも、どうせこれで日記をやめるのなら…　女なんて、結婚するか、日記をつけるか、そのどちらか、両立はできない、だから、希望の喜び、喜びの希望を込めて、最後にこれだけは書いておきたい。もうすぐ向こうへ行くけれど、蓋を開けてみれば、コンサートの夜に考えたことなんてまったくのでたらめにちがいない。(これで最後、もう日記なんてやめたほうが身のため。) 橋の上であの子と会って、二人は見つめ合う。コンサートの夜には、下で氷が砕ける音が耳まで届いてきた。エースの一撃で、もうそんな悪性腫瘍、理不尽な聴覚障害にもケリをつけてやる。本物の私なら、ひれ伏して私の明るい部分、最も美しく確かな部分に溶け込んでくるはず。あの子のもとへ駆け寄って、肩に手をかけてあげるだけで十分だろう。

アリーナ・レエス・デ・アラオスとその夫は、四月六日にブダペストに到着し、リッツ・ホテルに宿泊した。二人が離婚する二か月前のことだった。滞在二日目の午後、アリーナは町の散策に出かけ、雪解けの景色を眺めた。一人歩きが好きで—行動が迅速なうえ、好奇心旺盛だった—、漠然と何かを追い求めながら、といって、特に何か目的があるわけでもなく、気の向くままにあちこち歩き回り、衝動で店を変えたり、歩道を渡ったり、ショーウィンドーを見たり、そんな散歩だった。

橋にたどり着いて真ん中まで歩くと、雪に足を取られ、絡みついて行く手を阻む風がドナウ川から吹き上げてくるせいで、思うように前へ進めなくなった。ペチコートが太腿にまとわりつき（しっかり服を着込んでいなかった）、突如、引き返そう、散歩中の町へ戻ろうと思い立った。うらぶれた橋の真ん中に、まっすぐ黒髪をなびかせてぼろ服を着た女が、軽く閉じていた手を開きながら、掌の皺と邪な顔に貪欲な下心をたたえてじっと待っていた。事情を理解したアリーナは、女の横に立ち、まるで全体リハーサルですでに試してでもいたように、計算ずくの表情と間合いを保った。ようやく解放されたような気分で、すでに不安も消え—歓喜と寒さが強烈に噴き出し、アリーナはそう思い込んだ—、頭を空っぽにして横から両手を差し伸べると、女は彼女の胸に抱きつき、橋桁に打ちつけて砕ける濁流の上に架けられた橋の上で、黙ったまま二人は抱き合った。

抱擁の力で財布のファスナーが胸に食い込み、アリーナは甘く長い痛みを感じた。細すぎる相手を抱き寄せると、抱擁の内側にその体全体が感じられ、国歌斉唱や鳩の飛翔、川のせせらぎのように幸福感が膨れ上がってきた。アリーナは、外からの感覚、そして黄昏の光を拒み、目を閉じて、体全体が溶けていくような気分を味わった。突如疲労感が押し寄せてきたが、勝利を確信して、ようやく自分自身になれたことを祝う気持ちすら起こらなかった。

どちらか一方が甘い涙を流しているような気がした。頰が濡れているのがわかったから、きっと彼女のほうだろう。そして殴られでもしたように頬が痛んだ。首も痛み、さらに、言い知れぬ疲労に襲われて、突如肩まで痛み始めた。目を開けると（すでに叫び声を上げていたのかもしれない）、二人は体を離していた。そして今度は間違いなく叫び声を上げた。ただでさえ寒いのに、破れた靴から雪がしみるばかりか、素敵な娘アリーナ・レエスが、グレーのテーラーメイドの上で髪を軽く風になびかせながら広場のほうへ足を踏み出し、振り返りもせず立ち去って行くのがわかったからだ。

バス

「面倒でなければ、帰りに『エル・オガール』[1]を買ってきてくれるかしら」シエスタ[2]用の肘掛け椅子に体を伸ばしながらセニョーラ・ロベルタが言った。クララは回転テーブルに散らかっていた薬を整理し、じっと部屋を見回した。問題なし、セニョーラ・ロベルタの面倒はマティルデが見るし、何かあれば女中がいる。これで土曜日の午後をのんびり好きなように過ごすことができる、友人のアナが五時半の甘い紅茶とラジオとチョコレートを準備して待っているから、思う存分四方山話に耽るとしよう。

二時、会社員の人波がめいめい家の敷居を越えて中へ引っ込むと、明るい光のもと、ビジャ・デル・パルケ[3]から人気(ひとけ)が失せる。いつもと違う足取りでティノガスタ通り、そしてサムーディオ通りを下ったクララは、足元に影の島を落とす農学部の並木にところどころ遮られた十一月の心地よい太陽を浴びていた。サン・マルティン大通りとノゴヤ通りの交差点で一六八番のバスを待ちながら、雀たちが頭上で繰り広げる舌戦に耳を傾けていると、眩暈を引き起こすほど高く澄みわたる空を背景に、サン・フアン・マリア・ビアンネイ教会からフィレンツェ風の塔がいつになく赤く聳えていた。時計職人のドン・ルイスが通りかかり、小ぎれいな彼女の姿、体をいっそう細く見せる靴、クリーム色のブラウスからのぞく白い首が素晴らしいとでも言わんばかり、恭しく声を掛けてきた。がらんとした通りに物臭な一六八番が現れ、静まり返った午後の街角で一人バスを待つクララを迎え入れるため、乾いた不満げな鼻息とともにドアを開けた。

雑多な物が入った鞄からなかなか小銭を見つけられず、彼女は切符の支払いに少し手間取った。車掌は無愛想な顔で待ちながら、急カーブや急ブレーキに慣れた男らし

1 二十世紀前半のアルゼンチンでよく読まれた文化雑誌。
2 スペイン語で「昼寝」を指す言葉。
3 アルゼンチンのブエノスアイレス自治市にある繁華街。

く、両脚を広げて恰幅のいい体を支えていた。二度クララは「一五」と言ったが、何が不思議なのか、車掌はただ彼女の顔を見つめるばかりだった。ようやくピンク色の切符を受け取ると、クララは子供の頃覚えた歌の一節を思い出した。「切符屋さん、青かピンクの切符をくださいな、歌って、何か歌ってくださいな、お金を勘定する間に」思わず微笑みながら彼女は奥のほうへ目をやり、「非常口」の隣が空いているのを見ると、首尾よく窓際の席を確保できたささやかな喜びとともに腰を下ろした。すると、車掌がまだじっと彼女を見つめている。そしてサン・マルティン大通りの陸橋に差し掛かったところで、角を曲がる前に運転手が振り返って彼女のほうに目をやり、少し距離があったせいで探すのにやや手間取ったものの、やがて椅子に深く腰を下ろしたクララの姿を認めた。骨ばった、飢えたような顔の男であり、車掌と短く言葉を交わした後、二人揃ってクララの姿を見つめ、さらにお互い顔を見合わせたが、バスはそのまま飛ぶように発車し、全速力でチョロアリン通りを進んだ。

「バカな奴ら」虚栄心をくすぐられたような、苛立たしいような、そんな気分でクララは考えた。小銭入れに切符をしまいながら、前方の席で大きなカーネーションの花束を抱えた婦人を横目で観察する。すると婦人は振り返って花束越しに彼女を見つめ、囲いに入った牛のように甘ったるい視線を注いできたが、すぐにクララは手鏡を取り出し、唇と眉に意識を集中した。今度は項に不快感が走り、ぶしつけな眼差しの気配に怒りを覚えて素早く振り返る。顔から二センチのところに首の強張った老人の目があり、彼の抱えるマーガレットの花束から吐き気を催す臭いが立ち昇っていた。奥の緑色のシートに座った数名の乗客も、何か批判でもするように全員彼女を見つめており、クララはその視線を正面から受け止めたが、踏ん張れば踏ん張るほどその重みが耐え難くのしかかってきた。たくさんの視線が一斉に注がれているからというわけではなく、また、みんなが花束を持っているからというわけでもなく、鼻に煤がついていたとか、そんな爽やかな笑いの結末を無意識に追い求めていたからだろう、だが、そうはならなかった。笑おうと思っても、花束から放たれたような一途な視線がじっと彼女に注がれ、笑みはすぐに凍りついてしまう。

突如不安に囚われて少し体を滑らせたクララは、ぼろぼろになったすぐ前の座席の背もたれに視線を移し、非常口の取っ手とそこに書かれた「レバーを引っ張り、立ち上がってドアを開けてください」という表示を見つめたが、どれほど文字を一字一字吟味しても、それを繋げて文にすることができなかった。こうして安全地帯を確保しておけば、他のことを考えずにすむ。乗ってきたばかりの女に乗客が注目するのは普通のことだし、花束を持ってチャカリータ[4]霊園を訪れる人がいるのも当たり前なのだから、バスの乗客が皆花束を持っていても別に不思議ではない。アルベアル病院の前を通り過ぎ、クララの眼下に空き地が開けると、その一番奥には、汚い水たまりと、首から綱の切れ端をぶら下げた黄色っぽい馬の目立つエストレジャ地区が見えた。太陽の強い光を浴びても明るく見えないうらぶれた場末だったが、クララはそんな景色からさえ目を離す気にならず、バスの内側へは時折ちらちら視線を飛ばすだけだった。赤いバラとカラーの花があり、少し離れたところに薄い斑点のついたピンク色のグラジオラスがあったが、こちらはすっかり色褪せ、潰されて汚れたように無様な姿を晒している。三列目の窓際に座る男（彼女のほうを見つめたり目を離したり、そんなことを繰り返している）が抱えていたカーネーションは、圧縮されて一つの塊となり、皺だらけの皮膚と同じく、すっかり黒ずんでいる。前のほうで横向きの座席に腰掛けた二人の娘は、残酷そうな鼻の下で菊とダリアの貧乏くさい花束を支えていたが、二人とも貧しいわけではないらしく、仕立のいい上着にプリーツスカート、膝下まで届くソックスという出で立ちで、偉そうにクララのほうを見つめていた。こんな生意気な湊垂れ娘の視線を下げてやりたいところだったが、四つの瞳は彼女から離れず、そのうえ、車掌とカーネーションの男、そして後方の乗客から項に浴びせられる生温かい息、すぐ近くに控える首の強張った老人、最後尾の若者たち、そしてパテルナルに到着、クエンカから初乗り料金で来られるのはここまで。

誰も降りない。男が一人軽快に飛び乗ってくると、バスの中ほどにいた車掌が待ち構え、相手の両手を睨(にら)みつけた。右手に二〇センターボ硬貨を握り、左手は上着を撫でつけている。車掌の凝視には目もくれず、男は少し間をとり、その後「一五」という言葉がクララの耳に届いた。だが車掌は切符を切らず、そのままじっと相手を見つめていたので、しびれを切らした男は、礼儀正しく苛立ちを抑えながら「一五です」と繰り返した。彼は切符をもらって釣銭を待ち、受け取る前から軽々と身を滑らせてカーネーションの男の隣に腰を下ろした。五センターボを返しながら車掌は、相手の頭部でも調べるように上からまたしばらく視線を注いでいたが、黒ずんだカーネーションに気を取られていた新参者はそんなことに気づきもしなかった。カーネーショ

4　ブエノスアイレス特別区の北中部にある地区。

ンの男は新参者の観察を始め、一、二度素早く視線を走らせた。新参者が視線を返すと、二人はほぼ同時に頭を動かし、特に挑発し合うわけでもなく、正面から見つめ合った。相変わらずじっとぶしつけな視線を投げかけていた二人組の娘が、今度は新参者を睨みつけ始めるのを見て、クララは怒り心頭だった。一六八番がチャカリータの壁にへばりつくようにして発車すると、乗客全員の視線が新参者とクララに注がれる瞬間があり、新入りのほうに興味の中心が移っていたせいで、直接彼女に目が向けられていたわけではなかったが、いずれにせよ、彼女もその眼差しに包まれ、二人まとめて観察の対象になっているような感じだった。なんて愚かな人たち、洟垂れ娘たちだってそれほど幼いわけじゃないし、みんな花束を持って、これからいろいろすることがあるのはわかるけれど、あまりに失礼な振る舞いだわ。新参者に声をかけたい気持ちとともに、クララの内側から得体の知れない連帯感が膨れ上がってくる。「あなたも私も一五センターボの切符を買ったのよ」こう声をかければ二人の距離が縮まるだろうか。腕を取って、「気にしなくていいのよ、バカみたいに花の後ろに隠れて何を企んでいるのやら、とにかく失礼な奴らなんだから」とでも忠告すればいいだろうか。隣に座ってほしいところだったが、若者　―顔には深い皺が刻まれていたが、実は若者だった——は一番近い空席に腰を下ろし、楽しいような、困惑したような表情で、車掌、二人の娘、そしてグラジオラスの婦人に相次いで視線を返した。今度は赤いカーネーションの男が頭を後ろへ向けてクララを見つめたが、その無表情な視線には軽石のように軽く不透明な柔らかさがあった。クララはこれに執拗な視線で応えたが、体が空っぽになったような気がして、一瞬バスから降りようかとさえ思った（だが、この通りの、こんな場所で、花束を持っていないというだけの理由で降りるなどバカげている）。若者も不安に囚われたらしく、まず左右を、続いて後方を見やったところで、最後部に座る四人の乗客と首の強張ったマーガレットの老人に気づいて驚いた。彼の目はクララの顔をかすめ、口と顎に一瞬だけ止まった。前方から相変わらず車掌と二人の洟垂れ娘とグラジオラスの婦人の目が注がれ、再び前を向いた若者は、緊張を解くようにまた彼らを見つめた。クララは、数分前に自分が襲われた不快感に今若者が囚われていることを感じ取った。「あの哀れな若者も手ぶらだわ」そんな不条理な考えが頭に浮かんだ。あちこちから降りかかってくる冷たい火に、目だけを頼りに立ち向かう姿はいかにも無防備だった。

一六八番はそのまま走行を続けて二つのカーブに差し掛かり、霊園の列柱の前に広がる空き地へと向かった。二人の娘が通路を進み、出口の前に陣取った。後ろには、マーガレット、グラジオラス、カラーが続いた。車内後方には雑然とした集団が出来上がり、花の臭いが少々気に障ったが、窓際でじっとしていたクララは、たくさん人が降りるのを見て、これでこの先は少し楽になると安堵(あんど)に胸を撫で下ろしていた。黒ずんだカーネーションが高く持ち上げられ、花束を降ろすために立ち上がった乗客が、体を横にしたままクララの前の空席に半分だけ入り込んだ。率直で飾り気のない、感じのいい若者で、薬局の店員か会計士、建築士とでもいったところだろうか。バスが静かに停車し、鼻息とともにドアが開いた。乗客が降りたところで自由に席を替わろうと若者が身構える一方、そのはやる気持ちを理解したクララは、強い思いをグラジオラスとバラにぶつけ、さっさと降りてくれるよう願った。すでにドアは開いているのに、一列に並んだ乗客は降りる様子もなく、クララと若者に目を止め、まるで風でも吹いているように、地面から草木の根や花束をまとめて揺り動かす風に晒されでもしたようにゆらゆらと動く花束の間から二人を見つめていた。やがてカラーと赤いカーネーションが降り、続いて花束を抱えた男たち、二人の娘、マーガレットの老人も降りた。乗客が二人だけになると、一六八番は小さく、灰色っぽくなり、美しくなったようにも見えた。車内は空っぽだったが、若者が隣に座るのを見て、クララはそれを当然のように大人しく受け入れた。彼が座席に着くと、二人は頭を下げ、互いの手を見つめ合った。ただ両手がそこにある、それだけのことでしかない。

「チャカリータ！」車掌が大声で言った。

せっつくようなその眼差しに、クララと若者は「一五センターボの切符を買った」という単純な事実で応じた。口に出しては言わなかったが、そう思うだけで十分だった。

ドアは開いたままだった。車掌が二人に近寄ってきた。

「チャカリータ」説明でもするような口調だった。

若者は歯牙にもかけなかったが、クララは同情のようなものを感じた。

「レティロまで行きます」こう言って切符を見せた。切符屋さん、青かピンクの切符をくださいな。運転手が席から身を乗り出して二人を見つめた。車掌は曖昧な態度で振り向き、何か合図をした。後部のドアが閉まった後（前のドアから乗ってきた客はいなかった）、一六八番は怒ったように左右に揺れながらスピードを上げ、やがて軽々と飛ぶように走り始めると、クララは腹に鉛を置かれたような気分になった。今度はメッキした金属棒に摑まった車掌は、運転手の横から深々と二人を見つめてきた。

二人も視線を返し、そんなふうに睨み合ったまま、ドレゴ通りへ向かうカーブに差し掛かった。やがてクララは、前から見えないのをいいことに、若者が彼女の手に自分の手をゆっくりと重ねてくるのを感じた。柔らかい、温かい手で、彼女も手を引っ込めることはせず、少しずつ太腿の端、ほとんど膝の上までずらしていった。疾走するバスを軽快な風が包んでいた。

「あんなに客がいたのに」ほとんど音のない声で若者は言った。「あっという間にみんな降りてしまいましたね」

「チャカリータで花を供えるのでしょう」クララは言った。「土曜日に霊園を訪れる人は多いですから」

「ええ、でも…」

「確かに少し妙でしたね。お気づきになったでしょう…?」

「ええ」行く手を阻みでもするように彼は言った。「あなたが同じ状況にいたことにも気づきました」

「妙ですね。今度は誰も乗ってきません」

アルゼンチン中央鉄道の踏切に差し掛かってバスは急停車した。驚き、そして振動に飛び上がって、かえってほっとしたように二人は体を前へ投げ出した。バスは巨体を揺らしている。

「私はレティロまで行きます」クララは言った。

「私もです」

車掌は持ち場を離れてはいなかったが、怒りの表情で運転手に話しかけていた。二人は、(目前の光景を注視していることを認めたくはなかったが) 運転手が席を立ち、まったく同じ足取りで後から続く車掌とともに、通路を歩み寄って来る姿を見つめた。両者とも若者を睨みつけており、若者は力でも溜めるように身を固めていることがクララにはわかった。彼の脚は震え、肩が彼女の肩に寄り添ってきた。その瞬間、全速力で疾走する機関車が恐ろしい呻(うめ)き声を上げ、黒い煙が太陽を覆った。列車の轟音によって運転手が発していたはずの言葉は掻き消され、二人から二つ離れた座席の横で立ち止まった運転手は、ジャンプでもするように身を屈(かが)めた。車掌は彼の肩に手を掛けて引き止め、最後の車両がけたたましい金属音を残して通過した後、すでに踏切が上がっていることを高圧的な調子で告げた。運転手は唇を嚙みしめて運転席へ戻り、怒りの跳躍とともに発車した一六八番は、線路を乗り越えて反対側の坂へ差し掛かった。

若者は体の緊張を解き、ゆっくりと体を滑らせた。

「こんなことは初めてだ」独り言でも呟くように彼は言った。

クララは泣きたくなった。涙はすぐそこまで込み上げていたが、それも無駄なことだった。はっきりと考えたわけではなかったが、すべてこれでいい、隣の乗客と空っぽの一六八番にこのまま乗っていればいい、この状況に逆らったところで、ベルを鳴らして次の角で降りることにしかならない、そんなことを漠然と意識していた。このままでいい、バスから降りようなどと余計なことを考える必要もなければ、再び彼女の手を握ってきた手を払いのける必要もない。

「恐いわ」彼女はこれだけ言った。「せめてブラウスにスミレでも挿していればよかった」

若者は彼女を見て、飾りのないブラウスに目を止めた。

「時には国産のジャスミンを襟元に付けるのもいいです」彼は言った。「今日は急いでいて、そこまで考えが及びませんでしたが」

「残念です。でも、本当にレティロまで行くのですよね」

「もちろん、レティロまで行きます」

対話、対話。途切れないように気をつけよう。

「窓を開けられないものかしら？　ここにいると息が詰まりそう」

むしろ寒いとすら感じていた若者は、驚いて彼女のほうを見た。車掌は運転手に話しかけながら横目でこちらを観察している。踏切を過ぎてから、一六八番は停車することなく進み続け、すでにカニング通りとサンタ・フェ通りの交差点を曲がっていた。

「この座席の窓は固定式です」彼は言った。「非常口があるせいで、ここだけ窓が開かないようになっていますね」

「ああ」クララは言った。

「他の座席へ移りましょうか」

「いえ、いいんです」立ち上がろうとする彼の動きを制するように指を握り締めた。

「じっと動かないほうがいいと思います」

「ええ、でも前の席の窓を開けることはできますよ」

「大丈夫です、やめておきましょう」

クララが何か付け加えるのではないかと思って若者は待ったが、彼女は座席にじっと縮こまっていた。そして前方の魔力、沈黙か熱気となって届いてくる怒りから逃れようとでもするように、彼女は若者を一心に見つめた。若者がもう一方の手をクララの膝に置くと、彼女も自分の手をそこに近づけ、指を絡ませながら、そして手の平を温かく撫で合いながら、二人は曖昧に意思を通わせた。

「時々うっかりすることがあって」クララは臆病に言った。「万事ぬかりはないと思うような時にかぎって、いつも何か忘れているものです」

「何があるかわかりませんからね」

「そう、そのとおりです。あの娘たちの目つきが嫌で、それで気分が悪くなったんです」

「鼻持ちならない奴らでしたね」彼は声を荒げた。「二人結託して食い入るように我々を睨んでいました」

「所詮菊とダリアの花束なのに」クララは言った。「偉そうにふんぞり返って」

「他の連中もあの娘たちの味方でした」苛立ちを隠すことなく若者は言った。「くしゃくしゃのカーネーションを抱えて私の隣にいた鳥顔の老人も共犯です。後ろにいた連中のことはよく見えませんでした。奴らもやはり…？」

「みんな共犯です」クララは言った。「乗車してすぐ目に入りました。私はノゴヤ通りとサン・マルティン大通りの角から乗ったのですが、すぐに後ろを振り返って、奴らを見ました…」

「降りてくれてよかったですね」

プエイレドン通り、急ブレーキ。色黒の警官が両手を開いた十字の姿で、屋根の高いキオスク[5]から何か訴えている。席から滑り出た運転手が、袖を摑んで抑えようとする車掌を乱暴に振り切り、体を丸めて二人を交互に睨みつけながら、唾で輝いたような唇を突き出して歩み寄って来た。「青ですよ！」妙な声で車掌が叫んだ。バスの後ろにできた列から十ほどのクラクションが唸(うな)り、運転手は悔しそうに席へ戻った。車掌はその耳元に話しかけ、ひっきりなしに振り返って二人を観察し続けていた。

「あなたがいてくれなければ…」クララは呟いた。「あなたがいてくれなければ、もうとっくに降りていたと思います」

「でも、あなたはレティロまで行くのですよね」少々驚きながら若者は言った。

「ええ、知人を訪ねることになっていますので。それでも、やはり降りていたと思

5　中東や地中海沿岸などで発達した小さな簡易建造物。ここでは交番に類した詰所か。

います」

「私は一五センターボの切符を買いました」彼は言った。「レティロまで」

「私もです。悪いことに、一度降りてしまえば、次のバスが来るまで…」

「もちろん。それに、バスが来たとしても、満員かもしれません」

「そうですね。近頃は移動も大変ですね。地下鉄に乗ったことはありますか?」

「常軌を逸しています。仕事自体より通勤のほうが疲れるほどです」

明るい緑色の空気が車内に漂い、博物館の古びたバラ色と法学部の新校舎が二人の目に入ったかと思えば、直後にレアンドロ・N・アレム通りに入った一六八番は、短気に先を急ぐようにいっそうスピードを上げた。二度交通警察に止められ、二度とも運転手は警官に飛び掛からんばかりだったが、二度目は、車掌が割って入り、痛みをこらえながら怒りをぶつけでもするように運転手を抑えつけた。クララは両膝が胸まで持ち上がるのを感じたが、若者の両手に荒々しく制され、二人は突き出た骨と固まった静脈に体の表面を覆われたような状態になった。クララにとっては、手から拳へと男らしい力が伝わる感触は初めての経験で、ごつごつした塊を見ながら、恐怖のもとで失われかけていたささやかな自信を取り戻していった。そして二人はずっと喋(しゃべ)り続け、話は通勤、五月広場の行列、人々の粗野な振る舞い、忍耐力などに及んだ。やがて鉄道を支える土手を見ながら二人は黙り込み、財布を取り出した若者は、少し震える指で真剣にその中身を調べ始めた。

「あと少しです」姿勢を正しながらクララが言った。「もうすぐ着きます」

「ええ、レティロの角を曲がったところで、さっさと立ち上がって降りましょう」

「ええ。広場の横ですね」

「そうです。英国塔の手前がバス停です。あなたが先に降りてください」

「どちらでも同じですわ」

「いえ、念のため私が後に残ります。曲がったらすぐに私が立ち上がってあなたを通します。あなたは素早く立ち上がって出口の段へ降りてください。私が後に続きます」

「はい、ありがとうございます」感動の眼差しでクララは若者を見つめ、二人は足の位置と移動の仕方を計算しながら計画に心を集中させた。一六八番が広場の角に差し掛かり、前方にまったく車がないのがわかった。窓ガラスが振動して、広場の縁石に乗り上げるかと思われたところでバスは急ハンドルを切った。若者が座席から前方へ飛び出し、続いてクララが素早くすりぬけて出口の段へ降りたのを見て取ると、彼は踵(きびす)を返して自分の体で女性を守った。クララは出口のドア、黒いゴムの縁カバー、汚れた四角いガラスを見つめ、ひどい震えをこらえながら、他は何も見まいと努めた。髪に若者の荒々しい息遣いが感じられたのも束の間、急ブレーキとともに二人の体は投げ出され、ドアが開くと同時に運転手が両手を伸ばして通路を駆け始めた。すでにクララは広場へ降り立っており、振り返ると、若者もすでにバスから飛び出して、その後ろで鼻息とともにドアが閉まっていた。黒のゴムカバーに運転手の手が挟まれ、そのごつく白い指が見えていた。車掌が運転席に飛び移ってドアの開閉レバーを引く様子がガラス窓越しにクララの目に入った。

若者は彼女の腕を取り、二人は子供とアイスクリーム売りで賑わう広場を早足で歩き始めた。何も口に出しはしなかったし、目を見合わせることもなかったが、二人は幸福感に震えていた。クララは相手に身を委ね、ぼんやりと芝生や花壇を眺めながら、目の前で増水する川の空気を吸い込んでいた。広場の片側に花屋が陣取り、台に乗せた籠の前で立ち止まった若者は、パンジーの花束を二つ買った。その一つをクララに渡し、財布を取り出して支払いをすませる間は、もう一つの方も彼女に預けていたが、再び二人が歩き始めたときには（もう彼女の腕を取ることはしなかった）、それぞれが自分の花束を抱え、それぞれ満足そうに目的地へ踏み出していた。

偏頭痛

この物語の最も美しいイメージを書くことができたのは、マーガレット・L・タイラー女史のおかげである。彼女の見事な詩「眩暈と偏頭痛の最も一般的な対処法へ向けた示唆的兆候」は、雑誌『ホメオパシー』（アルゼンチン・ホメオパシー医学協会発行）の三二号（一九四六年四月、三三ページ）に掲載されている。同時に、サン・フアンへの旅行中にマンクスピアについて教えてくれたイレネオ・フェルナンド・クルス氏にも謝意を表したい。

私たちはずいぶん遅くまでマンクスピアの世話をしているが、夏、こうして暑くなってくると、彼らは気紛れや移り気の度合いを増し、成長の遅い個体には特別な餌が必要となり、陶器の大きな器に盛った燕麦麦芽を運んでやらねばならない。成長の早い個体は背中の毛が生え代わり始めるから、隔離してマントで体を覆い、まだ籠で眠って八時間ごとに餌をもらう個体と夜じゃれ合ったりしないよう注意せねばならない。

私たちの気分は優れない。どうも朝から調子が悪いのは、日中ずっと家に降り注ぐタールのような夏の陽光が現れる前から、夜明けの熱風が吹いてくるからかもしれない。病気にかかった個体の世話——午前十一時——も大変なら、シエスタの後で乳呑み児の様子を調べるのもひと仕事、いつも同じ日課の繰り返しがだんだん辛くなってくる。一晩目を離しただけで、マンクスピアは大打撃を受け、私たちの生活まで壊滅するような気がする。だからあれこれ考えるのはやめて、習慣という鎖に繋がれた作業を一つひとつこなし、動きを止める瞬間があるとすれば、それは食事（テーブルにもリビングの棚にもパンのかけらが乗っている）のときか、寝室を二倍に広げる鏡を覗き込むときだけ。夜はあっという間にベッドに崩れ落ち、疲労の蓄積とともに、寝る前に歯を磨く習慣すら次第にどうでもよくなって、ランプや薬に手を伸ばすことぐらいしかしなくなる。外からは、マンクスピアが円を描いて歩き回る音が聞こえてくる。

気分は優れない。私たちの一方は「トリカブト」[1]、つまり、恐怖に眩暈を感じることでもあれば、高濃度のトリカブトを服用せねばならない。トリカブトは一過性の強

1　ホメオパシーで処方される丸薬とその薬が効果を及ぼす特有の症状を「」で表す。ホメオパシーとは、人の健康は心身の均衡によっていて、その心身の均衡を保つのは人間本来が持っている身体の自然治癒力をコントロールする生命力（ヴァイタル・フォース）であると考える理論。「トリカブト」は、心身ともに突発的に極度の恐怖症やパニック発作に陥りやすく不安を抱き、落ち着きがないなどの特徴がある。

烈な嵐である。ささいなこと、何でもないことから生まれる不安に対して、これほど見事な処方が他にあるだろうか。女がいきなり犬と向き合い、激しい眩暈を感じる。そんな時には、トリカブトを飲めば、すぐに眩暈は和らぎ、やがて後退していく（私たちも同じ症状を経験したことがあるが、それは「ブリオニア」[2]であり、ベッドとともに、あるいは、ベッドをとおって沈んでいくような感覚に囚われた）。

もう一方は明らかに「マチン」[3]だ。マンクスピアに燕麦麦芽を与えるときに、ボウルを満たそうと腰を屈めすぎたせいか、突如、まるで脳みそが回転するような、それも、すべてが周りを回るのではなく——これは眩暈そのもの——、視覚そのものが回るような、つまり、内側で輪に収まったジャイロスコープ[4]のように意識が回り、外側ではすべてが恐ろしいほどじっとしているのに何かが逃げ出しそうでつかみどころがない、そんな感覚に囚われる。それだけではなく、花（あるいは、かすかにライラックの匂いを漂わせた幼いマンクスピア）の香りに怯え、リン中毒の症状——すべてが高く、細く見え、冷たい飲み物やアイスクリーム、塩をむやみに欲する——と表面上一致することから、私たちはむしろこれが「リン」[5]の兆候ではないかと思ったこともある。

疲労と沈黙――マンクスピアが動き回る音はパンパ[6]の沈黙を甘く引き立ててくれる――のおかげで夜は少し楽になり、時には夜明けまでぐっすり眠った後、ようやく待ちわびた快方へ向かい始めたような気分で目を覚ますこともある。一方が他方より先にベッドから飛び起きると、日頃の養生もむなしく、「単臭素塩樟脳」の症状を再発して落胆することがあり、そんな時には、一方へ向かって進んでいるつもりが、まったく反対方向へ進んでいることになる。恐ろしいことに、自信を持ってバスルームへ向かって歩いているのに、突如高い鏡の剝き出しの表面に顔をぶつけることさえ起こりうる。毎日たくさん仕事があって、いちいち落胆していても意味はないから、たいてい私たちはこんなことがあっても笑ってすませる。丸薬を探し、言葉に出すこ

2 「ブリオニア」。疲れた感じや無力感があり、わずかな動きでも痛みを感じることがある。
3 「マチン」。吐き気や頭痛の症状がおもに表れる。
4 物体の角度（姿勢）や角速度あるいは角加速度を検出する装置。
5 「リン」。ほてりやめまい、動悸など、ぼんやりした不安から恐れや神経の疲労や緊張をまねく。塩辛いものや刺激の強いものを欲しがるなどの症状が現れる。
6 アルゼンチン中部のラプラタ川流域に広がる草原地帯。

とも落ち込むこともなく、アルビン先生の言いつけに従う。（もしかすると、私たちは人知れず少々「ネイチュミア」[7]になっているのかもしれない。よくあるのは塩の涙だが、誰にも見られてはいけない。ひとり寂しく塩を味わうだけ。）

囲い場や温室、搾乳所でいくらでも仕事があるのに、あれこれむなしいことを考えている暇が誰にあるだろう？　すでにレオノールとチャンゴが外で騒ぎを起こしているので、体温計と水浴び用の桶を持って私たちが外へ出ると、さっさと疲れたいとでもいうように二人は作業に飛びつき、午後はどうやって怠けようかとすでに考え始めている。私たちにはそれがよくわかっているから、一つひとつの作業を自分たちでこなす健康に恵まれていることが身にしみて嬉しい。このまま偏頭痛が起こらなければ、すべては無事に進む。今は二月だが、五月にはマンクスピアをすべて売って、冬の間は静かに過ごすことができる。まだ何とか続けられる。

マンクスピアは洞察力と意地悪さを兼ね備えた生き物であり、これをうまく育てるためには、たえず細かく気を配っていなければならず、作業をしていると気が紛れる。くどい話はやめておくが、ひとつ例を挙げておこう。朝六時半、私たちの一方が温室の籠から母マンクスピアを取り出し、干し草の囲い場に集める。そのまま二十分ほど遊ばせておく間に、私たちのもう一方は、病歴を記録して番号をふったケースに一匹ずつ入れておいた乳児マンクスピアを取り出し、素早く肛門に体温計を差し込んで体温を測った後、三七・一度を超えるものは元のケースへ、その他はブリキの筒に入れて授乳のため母のもとへ送る。これがおそらく午前中では最も美しい瞬間で、マンクスピアの母子が大はしゃぎしながらいつまでも言葉を交わす様子を見ているうちに、感動を覚えることもある。囲い場の柵に寄りかかってこの光景を見ていると、忍び寄る正午の作業、避けがたく訪れる辛い午後のことをしばらく忘れていられる。時には囲い場の地面へ目を向けるのが少し恐くなる瞬間もある――明らかな「オノスモディウム」[8]の症状だ――が、時とともに光が射してくるおかげで症状の進行を免れ、暗闇のなかで悪化する偏頭痛から救われる。

八時が水浴びの時間で、私たちの一方が桶にクラッシェン・ソルトと麩を一摑み入れ、もう一方が、ぬるま湯のバケツを持ったチャンゴに指示を出す。母マンクスピア

7　「ネイチュミア」。突発的な頭痛や偏頭痛が起こり、激しい喉の渇きなどが現れる。
8　「オノスモディウム」。身体の震えや身体が重くなった感覚が現れる。

は水浴びが嫌いなので、ウサギのように耳と足を捕まえて注意深く持ち上げ、何度も桶に浸してやらねばならない。マンクスピアは毛を逆立てて暴れるが、そうなれば私たちの目論見どおり、塩が繊細な皮膚の奥までうまく入り込む。

母マンクスピアに餌を与えるのはレオノールの役目であり、この仕事をよく心得た彼女は、分量を間違えたりすることもまったくない。餌は燕麦麦芽だが、週二回は白ワインを混ぜた牛乳を与える。油断ならないのはチャンゴのほうで、どうやら彼はワインを勝手に飲んでいるらしい。酒樽を中にしまっておいたほうがいいのだろうが、家は小さいし、日の高い時間帯になると、家じゅうにあの甘い臭いが充満してしまうことになる。

繰り返しのなかで少しずつ変化が起こっていなければ、こんな話のすべては退屈で無意味かもしれない。ここ数日——目下、離乳という難しい局面に差し掛かっている——、何とも辛いことだが、私たちの一方が「シリカ」[9]の進行を無視できなくなっている。眠気に屈した瞬間からそれは始まり、まず平衡感覚が奪われ、内側への跳躍とともに、背骨を伝って頭の内側まで眩暈がじりじりと上っていく。囲い場の柱を小さなマンクスピアが這い登っていくような感じ（他に描写のしようがない）。せっかく甘い夢の真っ黒な井戸に落ち込んだと思いきや、突如私たちはあの硬く刺々しい柱となり、マンクスピアたちがじゃれついてくる。そして、目を閉じているともっとひどいことになる。誰も目を開けたまま眠ることはできないし、やがて眠気は吹っ飛び、疲れてへとへとになるが、少しでも気を緩めたりすれば、またもや眩暈がよじ登り、まるでうろうろ這い回る生き物、まさにマンクスピアのような生き物に頭を占拠されたように、頭蓋骨の内側をくすぐられることになる。

そして何とも馬鹿げたことに、「シリカ」はシリカ、つまり砂質の不足が原因で起こることが証明されている。そして私たちは、砂丘に囲まれたこの地で、大きな砂丘に脅かされたこの小さな谷で、砂不足に眠りを妨げられている。

この病の進行を食い止めるため、私たちは貴重な時間を費やして厳しい投薬治療に努めた。十二時、経過は良好で、午後の作業はつつがなくはかどり、一度だけ、まるで不動のまま私たちの面前で物体が突如浮き上がるような感じで軽い不調和――面ご

9　「シリカ」。身体にあらわれる特徴として、寒気を感じやすく、同時に強い汗を多量にかくことが目立つ。

とに鋭い角が生じるような感覚——が生じたものの、万事順調に進んでいる。「ドゥルカマラ」[10]へ移行しつつあるのかもしれないが、容易に確信は持てない。

　成体マンクスピアの毛が宙に舞い始めると、シエスタの後でチャンゴが針金の囲い場に彼らを集めて刈り込みを行い、私たちもはさみとゴム袋を持って駆けつける。二月でもすでに夜の空気は冷たく、脚を畳んで丸まって眠る動物と違って、無防備に体を伸ばして眠るマンクスピアには長い毛が必要なのだ。彼らの背中から毛が抜け始め、屋外でゆっくりと生え変わっていくのだが、風が吹いて薄い霧のように毛が囲い場から立ち昇ると、家のなかにいても鼻をくすぐられ、不快な思いに囚われる。だから私たちはマンクスピアを集め、温もりが失われないよう注意深く上半分の毛を刈り込む。短くて宙を舞うこともない毛は床に落ちて黄色っぽい塵となるので、毎日レオノールがホースで水を撒（ま）いて団子状に丸め、井戸の底に捨てる。

　その間、私たちの一方がマンクスピアの雄と若い雌をつがいにし、前日の体重を読み上げるチャンゴの声を聞きながら乳児の体重を量り、それぞれの成長ぶりを確かめながら、発育の悪い個体には別メニューを準備する。この作業が日暮れまでかかるが、この後、レオノールに任された二回目の燕麦やりが終われば、いつまでも母のもとにとどまろうとして金切り声を上げる乳児たちを振り切って、母マンクスピアを隔離してしまえば私たちの仕事は終了となる。あとはチャンゴの担当で、私たちはベランダから見守っているだけでいい。八時、ドアと窓を閉め、私たち二人は中へ引き上げる。

本来はその前に、様々な逸話や未来への希望を語り合う甘いひとときがあるのだが、私たちの体調が悪くなって以来、この瞬間が重くのしかかるようになった。薬箱を整理したりして—不注意で薬のアルファベット順が乱れることがよくある—、なんとかやりすごそうとするのだが、それも徒労でしかない。いつも最後はテーブルに着いたまま黙り込み、アルバレス・デ・トレドの手引き書（『己を知れ』）やハンフリーズの本（『ホメオパシーの助言者』）を読むだけになってしまう。私たちの一方が断続的に「プルサティーラ」に囚われ、情緒不安定になって、泣いたり愚痴っぽくなったり癇癪を起こしたりする。夜になると現れるこうした症状は、私たちのもう一方が患う「ペトロリウム」の症状とも一致するところがあり、事物、声、記憶、すべてが頭上

10　「ドゥルカマラ」。いらいら、短気、落ち着きのなさが顕著で、頭が重く吐き気が伴うこともある。

から体全体を麻痺させてくるような状態に二人して陥ることがある。衝突することこそないが、二人一緒にこうして苦しむのもなかなか辛いものがある。時にはこの後に眠りが訪れる。

その一方で、この走り書きで病の進行を強調しようとは思わないし、大オーケストラの悲痛な爆発を引き起こすまで膨らませた挙げ句、声を抑えて再び平穏すぎる生活に戻ろうというのでもない。ここに書きとめていることのなかには、すでに私たちの身に起こった出来事（例えば、マンクスピアの二度目の集団出産があった日には、「グロノイナム」というとんでもない偏頭痛に襲われた）もあれば、今から、あるいは明日起きる出来事もある。こうした推移をいちいち記録しているのは、ブエノスアイレスへ戻ったときに、アルビン先生に報告して病歴を更新してもらうためだ。私たちは話し下手ですぐに脱線してしまうのだが、アルビン先生は病気に付随する状況まで細かく知りたがる。夜、バスルームの窓に手を触れるような音が聞こえるのは、実は重要なサイン、「インドアサ」の兆候かもしれない。「インドアサ」になると、感覚が高揚し、時間や距離を誇張する傾向が見られる。あるいは、逃げ出したマンクスピアの一匹が習性どおり光を求めてやってきたのかもしれない。

最初は私たちも楽観しており、若いマンクスピアを売ればかなりの利益が上がると踏んでいた。最終段階に近くなればなるほど事は一刻を争うから、私たちは早起きして作業にかかり、チャンゴとレオノールが脱走したときですら、最初はほとんど気にもならなかった。あのごろつき二人組は、何の予告もなく、契約を完全に無視して逃げ出し、馬や馬車はおろか、私たちの一方、女性の愛用するマントやカーバイドランプ、『アルゼンチン世界』の最新号まで持ち去った。囲い場が静まりかえっていたので、私たちは彼らがいないことを直感し、慌てて乳児の授乳、水浴び、燕麦麦芽の準備に取り掛かる。事態について考えることはやめよう、ずっとこう考えながら作業に励み、二人きりになってしまったことも、馬がなければ六レグア[11]離れたプアンまで到達するすべがないことも、食料があと一週間分しかないことも、また、この近郊ではマンクスピアが病原菌を持っているという愚かしい噂が広まっているせいで、仕事のない浮浪者ですらこの飼育場には近寄りたがらないということも、事実として受け入

11　スペイン語・ポルトガル語圏で使われた距離の単位。古代のガリア人が用いたレウカが元で、イギリスのリーグと同語源。

れようとはしない。健康で仕事に専念していれば、正午頃私たちを苦しめる陰謀にも耐えられるし、食事休憩の時（私たちの一方、女性が荒っぽく牛タンとグリーンピースの缶詰を開け、卵とハムを焼く）には、シエスタを諦めるという案を退け、鍵を二重にしたドアよりもさらに固く寝室を閉め切って薄闇で横になる。今になって私たちは、昨夜眠りながらうなされたことをはっきりと思い出し、妙な表現になるが、あの興味深い、透明な眩暈にまたもや襲われる。目を覚まして起き上がり、前方を見つめると、あらゆるもの――たとえばクローゼット――がいろいろなスピードで動き回り、不規則に片側へ、右側へ寄っていくのがわかる。そして同時に、渦のむこうで同じクローゼットが直立不動のまま止まる。そこに現れたのが「シクラメン」[12]の兆候であることは一目瞭然だから、すぐに薬が効いて、また落ち着いた歩みと作業に戻る。それよりずっとひどいのは、シエスタの最中（太陽の光に晒されてどぎつい角が際立ち、物がいっそう物らしくなる時間帯）、大きなマンクスピアのいる囲い場から騒々しい物音や叫び声が聞こえてくる瞬間で、こうなると彼らは、体重を増やすために不可欠な休息を中断して、俄（にわ）かにそわそわし始める。外へ出たくはない、高い太陽は偏頭痛なのだ、すべてが私たちの仕事にかかっているこの大事な時に、偏頭痛に襲われる危険を冒すなんて。だが、仕方がない、マンクスピアの騒ぎが広がり、囲い場から得体の知れない物音が響いてくるというのに、このまま屋内にいるわけにはいかない、そこで私たちはコルクのヘルメットを被って飛び出し、慌ただしく善後策を協議したうえで、女が木の檻（おり）へ向かう間に、男は門の閉まり具合と水槽の水位を点検し、狐か山猫が入り込んでいないか確認する。囲い場の入り口で合流して、早くも太陽の光に目をくらまされると、白い焰（ほのお）の間で二人とも真っ白になったまま仕事を続けようとするが、時すでに遅く、「ベラドンナ」の症状に引きずられて、憔悴状態で小屋の暗い深みに崩れ落ちる。充血して顔が赤く、熱くなり、瞳孔が開き、脳内でも頸動脈でも血流が激しくなる。猛烈に突き上げるような痛み。頭を揺するような偏頭痛。後頭部に重しをつけられたように、一歩ごと頭が下へ引っ張られる。ナイフで突き刺されるような痛み。爆発の痛み。脳が押し合いへし合いしているようだ。身を屈めても火に油を注ぐだけで、脳が外へ飛び出しそうな、前へ押し出されそうな、目玉が飛び出そ

12 「シクラメン」。憂鬱な沈んだ気分になることが多く、また楽し気な気分と交互に繰り返すことも多い。偏頭痛の症状もある。

うな、そんな感覚に囚われる。（こんなふう、あんなふうといくら言っても本当の感覚は伝えられない。）音、揺れ、動き、光、ひどくなるばかり。そして突如収まり、一瞬にして涼しい影が病魔を連れ去って、私たちに残されるのは爽快な感謝の念、頭を振りながら走り出したい気持ち、一分前まであれほど…　しかし、まだ仕事が残っている、考えてみれば、マンクスピアが騒いでいるのも、冷たい水がないからではないか、レオノールとチャンゴがいないからではないか――動物たちは敏感だから、二人がいなくなったことにもすでに気づいているにちがいない――、朝の作業過程がいつもと違って、私たちの慌てぶりと拙さを不思議に思ったからではないか。刈り込みの日ではないので、私たちの一方、男が予定通りつがい作りと体重測定を行う。たった一日で乳児の状態が目に見えて悪くなっている。母親は食欲を失っており、長々と燕麦麦芽の臭いを嗅いだ後でようやく生温かい流動食に口をつける。私たちは黙ったまま最後の作業を終え、夜が訪れるが、その新たな意味については考えたくもないし、レオノールとチャンゴ、所定の位置に収まったマンクスピア、そして彼らの活動によって出来上がる秩序から、以前のように簡単に離れることができない。家のドアを閉めてしまえば、夜と夜明けの出来事に晒された無法地帯を外に残してしまうことになる。できるだけその瞬間を遅らせながら、もうこれ以上遅らせるわけにはいかないというところで、ようやくおずおずと几帳面に家へ入り、こそこそ逃げるようにして、眼のように待ち構える夜に立ち向かう。

言葉にできない不安より、一日中太陽の下で働いた疲労が強かったらしく、幸い私たちは眠気を感じ、卵焼きの切れ端と牛乳に浸したパン、そして冷たくなった残り物を苦労して嚙み砕きながら、少しずつ眠りに落ちていく。バスルームの窓を引っ搔く音が再び聞こえ、天井からは、こっそり何かが走り去る音が聞こえてくるようだ。風のない満月の夜で、鶏でも飼っていれば真夜中の前に鳴き出すかもしれない。黙ったまま私たちはベッドへ向かい、ほとんど手探りで最後の薬を分け合う。光が消え――いや、違う、消えた光があるわけではなく、単に光がないせいで、屋内は闇の底に包まれ、屋外では満月が輝いている――、何か話をしたいのだが、明日どうするか、どうやって餌を調達するか、どうやって町まで行くか、そんなことしか話題はない。そして二人は眠る。一時間だけ。窓から射し込む一筋の灰色っぽい光は、ほとんどベッドのほうへ動いていない。暗闇に腰掛け、そのほうがよく聞こえるはずだから、暗闇に耳を澄ます。マンクスピアに何かが起こっているらしく、今や物音は怒声か恐怖の叫びに変わり、雌の鋭い金切り声、雄の野太い呻きがはっきり伝わってきたかと思えば、突如その声は途絶え、しばらく沈黙の突風が屋内を巡っていたが、やがてまた夜と距離に逆らうようにして喧騒が膨れ上がる。ここで耳を澄ましているだけで十分に怖いし、出ていこうとは思わないが、私たちの一方、男のほうが、はたして叫び声は外から来るのだろうかと疑念を抱き、言われてみれば確かに内側から声が発されているような気もして、そんなことをしているうちに二人は「トリカブト」の病状へ入り込み、すべてが混乱し、裏も表もなくなってしまう。そう、偏頭痛の到来はあまりに強烈で、とても言葉で表現することはできない。恐怖や熱、苦悩とともに、脳を、頭皮を引き裂かれるような、焼かれるような、そんな感触。額はずっしり重く、そこから外へ向けて圧力がかかるような、額からすべてが引き抜かれるような感じ。「トリカブト」は突如荒々しく現れ、冷たい風に晒されれば悪化し、不安と苦悩と恐怖を伴う。マンクスピアに家を囲まれ、動物たちはちゃんと囲いの中にいる、南京錠が外れるはずはない、どれほどそう自分に言い聞かせても効果はない。

私たちは夜明けにも気づかず、五時頃には休息のない眠りに打ちのめされ、決まった時間になると、丸薬を口に入れようとして手が伸びていく。さっきからリビングのドアを叩く音が聞こえ、怒りとともにその音が激しくなっているので、私たちの一方、男がスリッパに足を履かせてドアまで引きずってもらう。警察がチャンゴの逮捕を知らせ、馬車が戻ってくる、どうやら盗みか家出の嫌疑をかけられたらしい。調書にサインすればすべて解決、陽は高く、囲い場では沈黙が支配している。警官たちが囲い場を眺め、一人がハンカチで鼻を覆いながら咳の真似事をする。すぐに私たちは彼らの望むとおり返答し、署名が終わると、警官たちは逃げるように、囲い場を避けるようにして小走りに駆け出し、囲い場を見るときも、私たちを見ていたときと同じように、内側へ（ドアから停滞の空気が流れ出ていた）素早く目をやりながら、早足で去っていく。あの愚か者たちがこれ以上詮索しないとは何とも不思議だが、臭いものでも避けるように彼らは逃げ、敷地脇の道をギャロップで去っていく。

私たちの一方、女が独断で決定を下し、自分が朝の作業をこなす間、もう一方には今すぐ馬車で食料の調達に向かうよう命じる。気乗りのしないまま乗り込むと、息つく間もなく連れて来られた馬は疲れ切っており、私たちは後ろを振り返りながらゆっくりしか前進できない。異常なし、それでは昨夜音を立てていたのはマンクスピアではなかったわけだ、屋根裏にネズミ退治の薬を撒かねばなるまい、ネズミ一匹で夜あれほど大きな音を立てるとは驚きだ。囲い場を開け、母マンクスピアを集めるが、燕麦麦芽はもうほとんど残っておらず、どうしても奪い合いになって、背や首を掻きむしり合い、血まで吹き出して、鞭と大声で隔離せねばならない。それに続く授乳は一苦労で、どうしてもうまくいかず、乳児は明らかに腹を空かせているのに、ある者はためらいがちに進み、また別の者はフェンスに寄りかかっているばかり。どうしたわけか、檻の入り口で雄が一匹死んでいる。そして馬は進もうとせず、まだ家から十ブロックほどしか離れていないのに、頭を垂れて嘶くばかりで、いっこうに歩みを速めようとはしない。落胆して私たちは帰路につき、餌の残りが喧嘩の騒ぎとともに消えていく光景に立ち会う。

執着心は捨ててベランダへ戻る。一段目で乳児マンクスピアが死にかけている。拾い上げて、藁を敷いた籠に入れてどうしたのか調べようとしても、動物らしい暗い死に方をしていることしかわからない。それに、しっかりと南京錠が閉まっているのに、どうやってマンクスピアが逃げ出したのかもわからず、死とはすなわち逃亡なのか、それとも死にかかっていたから逃げられたのか、私たちにはわからない。嘴に「マチン」を十錠放り込んでやるが、真珠のようにそこにとどまったまま、飲み込まれることもない。私たちのいる場所から、両手で体を支え切れなくなって倒れた雄が一匹見える。体を振って立ち上がろうとするが、お祈りでも唱えるようにまた崩れ落ちてしまう。

すぐ近くから叫び声が聞こえてきたような気がして、ベランダの藁椅子の下へ目をやる。アルビン先生からは、朝のうちに襲ってくる動物的反応に気をつけるよう言われていたが、こんな偏頭痛が起こりうるとは考えてみたこともなかった。後頭部の痛み、時に叫び声。「ミツバチ」の症状、ミツバチに刺されたような痛み。首を後ろへ曲げ、枕に沈める（いつの間にかベッドまで来ている）。喉は乾いていないが、汗が出る。小便はほとんど出ず、頭を貫くような叫び声。痛めつけられたように皮膚が敏感になる。いつしか私たちは手を繋ぎ、恐怖に囚われる。やっとゆっくり収まり始めると、かつて経験したように、動物の種類が変わってまた同じことが繰り返されるのではないかと怯える。ミツバチのあとはヘビの症状。二時半。

光があって、私たちがまだ元気なうちに、この報告を終えておくほうがいいだろう。私たちのどちらかが今すぐ町まで行かねばならず、シエスタの時間を過ぎれば今日中には戻って来られないだろうから、夜この家に一人で、しかもおそらくは薬もないまま過ごさねばならない……シエスタは静かに淀み、部屋のなかは暑く、ベランダへ出ればチョーク色の地面と小屋と屋根に撥ねつけられる。他にもかなりマンクスピアが死んだが、残った者たちは黙り、かなり近寄らなければぜいぜいいう声も聞こえない。私たちの一方、女が、まだ売れるかもしれないから町へ行くべきだと言う。もう一方は、このメモをしたためながら、相手の言うことがいまひとつ信じられない。暑さがひくまで、夜まで待とう。七時頃家を出ると、まだ小屋には少しだけ餌が残っており、袋を揺すって粉を落としながら燕麦を丁寧に集める。動物たちが臭いを嗅ぎつけ、檻のなかで猛烈な騒ぎが起こる。檻を開ける気にはならず、檻ごとにスプーン一杯分だけ置いておこう、そのほうが満足度も高いだろうし、公平だろうと考える。死んだマンクスピアを取り出すこともせず、なぜ十もの檻が空っぽなのかもわからず、なぜ囲い場で乳児の一部が成体の雄と混じっているのかもわからない。突如日が暮れて、もうほとんど何も見えず、しかもカーバイドランプはチャンゴに盗まれていた。

前方の、柳の山の手前に人がいるように見える。そろそろ誰かに助けを求めて町へ行ってもらわねばなるまい。まだ時間はある。監視されている、人々は愚かにも理由もなしに私たちを目の敵(かたき)にしている、そんなふうに思ったこともある。あれこれ考えるのはやめて、心地よく扉を閉ざし、家という自分たちだけの世界に籠るとしよう。「ミツバチ」やもっと他のひどい動物を思うことのないよう、手引き書をしっかり読んでおきたい。夕食を終えて、声に出して読んでみるが、ほとんど何も聞こえない。文章が重なり合い、また、外でもそれは同じらしく、他のマンクスピアより大きな声で吠えるマンクスピアの声だけが、疼くような呻きをいつまでも繰り返している。「クロタルス・カスカウェッラは特異な妄想を伴う…」私たちの一方、男がこの言葉を繰り返すと、ラテン語がしっかり理解できる喜びを噛みしめ、スペイン語で言えば「クロタロ・カスカベル」、だが、よく考えれば、早い話がどっちもガラガラヘビではないか。どうやらこの手引き書は、直接動物の名前を出して一般患者を怯えさせないよう配慮しているのだろう。だが、すぐにこの恐ろしい蛇の名前が出てくる…「毒は恐ろしいほど強い」マンクスピアの喧騒が激しくなり、声を張り上げなければ聞こえない、また家の近くにいるらしい、屋根の上、窓を、楣（まぐさ）を引っ掻いている。もはや不思議な現象でもなんでもない、午後見たとおり、檻がいくつも開けっ放しになっているのだ、だが、家は閉ざされ、こうして大声で解説を読み上げている間も、食堂の光に私たちは冷たく守られている。手引き書は単純明快、先入観のない患者に直接的な言葉で伝え、症状を描き出している。眠ろうとすると、偏頭痛や神経の高ぶりに襲われる。（だが、幸いにも眠くはない。）頭蓋骨が鉄のヘルメットのように脳を締めつける。そのとおりだ。頭のなかで生き物が円を描くように歩き回る。（すると家が私たちの頭となり、取り囲まれているらしい、窓の一つひとつが耳となり、外から来るマンクスピアの呻きに屈するまいとしている。）頭も胸も鉄の鎧に締めつけられている。頭のてっぺんに埋め込まれた赤く燃え盛る鉄。頭のてっぺんについてはよくわからない、少し前から光がためらい、少しずつ屈していく、午後にモーターを回しておくのを忘れてしまった。何も読めなくなると、蠟燭で手引き書を照らし、なんとか症状だけでも頭に入れておいたほうがいい、後でどうなるのだろうか、右のこめかみにうずくような激しい痛み、このヘビの毒は恐ろしいほど強い（ここはもう読んだ、蠟燭で手引き書を照らすのはなかなか難しい）、頭のなかで生き物が円を描くように歩き回る、これも読んだし、そのとおりだ、生き物が円を描くように歩き回る。別に心配はいらない、外のほうがもっとひどい、外があればの話だが。手引き書越しに私たちは見つめ合い、どちらか一方が、増幅を続ける呻き声のことを身振りで示したりすると、また手引き書へ戻り、すべてそこにあるはずだという確信にすがる、窓に向かって、耳に向かって呻き声を上げながら生き物が円を描くように歩き回っていても、飢え死にしそうなマンクスピアが呻き声を上げていても、そこに書かれた解説に間違いはないのだ。

キルケ

そして彼女の口にひとつ口づけしながら、その手から林檎(りんご)を受け取った。しかしそれを齧ると、私の脳はぐるぐる回り、足はよろめいた。そして彼女の足下で絡み合う枝を通して、自分がガラガラと崩れ落ちるのを感じ、死んだように白い顔がこの谷に私を迎える光景を目にした。

ダンテ・ガブリエル・ロセッティ「林檎の谷」

もう気にすることはないはずなのに、その時だけは、途切れ途切れの噂話と、ティア・ベベーに話しかけるマドレ・セレステの卑しい顔、それに、父の顔に浮かぶ後ろめたそうな疑念、この三つが重なって心が痛んだ。最初は、二階建ての家に住む女、牛のようにゆっくり頭を回し、草の塊でも味わうように言葉を吟味するその仕草だった。それに薬局の娘――「別に信じてるわけじゃないけど、本当の話なら怖いわよね」――、そして、いつもは愛用の鉛筆かビニールカバー付きのメモ帳ほどしか目立たないドン・エミリオまでしゃしゃり出てきた。デリア・マニャラの話になると、真相が不透明なせいで誰もが一応の節度を保ってはいたが、マリオの内側から顔に怒りの空気が勢いよく吹き出してきた。独立心を不器用に爆発させながら、家族を憎み倒してやろうと試みる。それまでも家族愛とは無縁で、母や兄弟と彼を結びつけるものといえば、血の繋がり、そして一人になることへの不安ぐらいだった。隣人に対しては遠慮もなく不遜な態度で応じ、初めてドン・エミリオの口から同じ見解が繰り返されたときには、正面から彼に悪態を浴びせた。二階建ての家の女には挨拶すらしなくなったが、それで相手が悲しんだかどうかは定かでない。そして、仕事の帰り、ひけらかすようにマニャラ家を訪れて両親に挨拶し、二人の婚約者を死なせた娘に──時には飴や本を手に──近寄っていった。

私はデリアのことはよく覚えていないが、品のいい金髪娘で、動作は緩慢（当時私は十二歳、時間も含めて何もかもがゆっくりしているように見えたのかもしれない）、軽やかなスカートに明るい色の服という格好をしていた。マリオは一時、デリアの上品さと服装が人々の憎念を掻き立てるのだと思っていた。「我々のような庶民ではないから恨まれるのですよ」マドレ・セレステにもそう言ったことがあり、母にタオルでぶたれそうになっても瞬きひとつしなかった。これで反目は決定的になった。マリオは孤立し、家族は恩でも着せるような態度で洗濯ぐらいはしてやるものの、パレルモ[1]へ行くときも、ピクニックに出掛けるときも、声ひとつ掛けなくなった。すると彼はデリアの部屋の窓へ近寄り、小石を投げた。彼女が顔を出すこともあれば、笑い声だけが聞こえてくることもあったが、その態度はどこか意地悪で、期待感を煽るようなものではなかった。

フィルポとデンプシーのマッチ[2]があり、どこの家も、涙と憤慨の後に、ほとんど植民地時代に逆戻りしたような屈辱的憂鬱に支配された。すでに以前から、マニャラ一家は四ブロック先、アルマグロ通りに引っ越しており、デリアにも新たな近所づきあいができて、ビクトリア通りやカストロ・バロスの家族が彼女のことなどすっかり忘れてしまう一方、マリオは相変わらず週二回、銀行の帰りに彼女を訪ねていた。すでに夏本番で、時にはデリアも外出を望み、リバダビア通りの菓子屋やオンセ広場のベンチに座ることもあった。当時マリオは十九歳、まだ喪中のデリアは、お祝いなどしなかったが、二十二歳になったところだった。

マニャラ夫妻は、亡き婚約者に対してこれほど厳格な喪に服する必要はないと思っていたし、マリオにしても、できれば悼みの気持ちは心の内だけにとどめておいてほしいところだった。鏡の前でデリアが、喪服によっていっそう引き立つ金髪を帽子で覆うと、ヴェールのかかったようなその微笑みが痛ましく見えた。彼女を崇めるマリオとマニャラ夫妻の視線に曖昧に身を晒し、物憂げな散歩や買い物で時間を潰した後、黄昏時に帰宅して日曜日を迎える。時には、かつてエクトルと楽しい時を過ごした思い出の地区まで一人で出向いていくこともある。ある日の午後、街行く彼女の姿を認めたマドレ・セレステは、軽蔑もあらわにブラインドを閉ざした。親愛なのか、畏怖なのか、彼女自身は振り向きもしないのに、デリアにはいつも多くの動物がつき従い、この日も後ろに猫がついていた。別の機会にマリオは、撫でてやろうと近づいてきたデリアを見て犬が尻込みする場面を目撃したことがあったが、すぐに彼女は犬の名を呼び（午後のオンセ地区でのことだった）、それが嬉しかったのか、犬はいそいそと彼女の指へ近寄ってきた。母の話では、デリアは子供の頃蜘蛛と遊んでいたという。この話を聞くと誰もが驚き、蜘蛛のことをたいして恐がりはしないマリオとてそれは同じだった。そして蝶が彼女の髪にまとわりつくこともあるが――マリオは、同じ日の午後にサン・イシドロ地区で二度も同じ光景を目撃した――、いつもデリアは軽い

1 ブエノスアイレス自治市のお洒落な地区。
2 一九二三年に行われたアメリカのジャック・デンプシー対アルゼンチンのルイス・アンヘル・フィルポの観衆八万人を集めたボクシングヘビー級マッチ。激闘の末、デンプシーが勝利した。

仕草でこれを追い払う。エクトルに白いウサギを贈られたこともあったが、これはエクトルより先に死んでしまった。エクトルは、ある日曜日の夜明け前、プエルト・ヌエボで海に身を投げた。マリオが最初の噂を聞いたのはこの時だった。失神して死ぬ者はいつの時代にもいるし、ロロ・メデシスが亡くなったときは誰も取り沙汰することがなかったが、エクトルの自殺に関しては多くの隣人が様々な偶然をあげつらい、マリオの脳裏に、ティア・ベベーに話しかけるマドレ・セレステの卑しい顔と、父の顔に浮かんだ後ろめたそうな疑念が甦った。おまけに、思い出したくない細部がまたもや蒸し返された。ロロはマニャラ家の玄関を出たところで何かに躓（つまず）いたように転び、実はその時すでに息絶えていたのだが、石段に激しく頭を打ちつけて頭蓋骨を損傷した。不思議なことにデリアは扉口まで見送りに来ておらず、家の中にいたのだが、いずれにしても彼女は玄関の近くにおり、最初に叫び声を上げたのも彼女だった。それに対しエクトルは、いつものとおり土曜日にデリアの家を訪れ、帰路についた五時間後、白く凍るほど寒い夜明け前に一人きりで死んだ。

　私はマリオのことはよく覚えていないが、デリアとはお似合いのカップルだったという。彼女はまだエクトルの喪に服していたが（ロロの喪に服することはなかったのに、どういう気紛れだったのだろう）、マリオと連れ立ってアルマグロ通りを散歩したり、映画を観に行ったりということはあった。それまでマリオは、デリアの心はもちろん、その生活や家にすら自分が受け入れられていないことを感じていた。デリアを訪ねることがあっても、それはあくまで「訪問」であり、私たちの間でこの言葉は、はっきりとした余所者（よそもの）に対してしか使われない。通りを渡るときやメドラノ駅の階段を上るときなどにデリアの腕を取ったりすると、黒い絹の喪服にしっかり押しつけられた彼女の手が目に止まった。するとマリオは、喪服に貼りついた白い手を見ながら、二人を隔てる距離を推し測る。だが、デリアの服が灰色に戻り、日曜日の朝に明るい色の帽子を被るようになると、その距離は少しずつ縮まり始めた。

今や噂話はまったくのデマではなくなり、マリオにとってなんとも惨めなことに、些細な逸話にまで新たな意味が付与されるようになった。確かに、ブエノスアイレスでは心臓発作で死ぬ人も溺死する人も多い。屋内や中庭で憔悴して死んでいくウサギも多い。人に撫でられるのを嫌がる犬もいれば受け入れる犬もいる。エクトルが母に宛ててしたためた数行の手紙、ロロが亡くなった日（頭をぶつける前に息絶えていた）の夜、二階建ての家の女がマニャラ家の玄関で聞いたという嗚咽（おえつ）、その後数日間のデリアの顔… 人々はこんな情報を巧みに繋ぎ合わせ、結び目がいくつも連なると、それが最後には綴れ織りになる。夜、部屋で不眠症にとりつかれて眠れなくなると、マリオは恐怖と不快感の入り混じった気持ちでその綴れ織りを見つめることもあった。

「僕の死を許してください、理解できないでしょうが、僕を許してください、ママ」朝一番の船乗りを導く道標のように残された上着の横に、『クリティカ』[3]の端を引きちぎった紙切れが石で止められていた。最後の数週間こそ妙な振る舞いもあったとはいえ、あの夜までずっと彼は幸せに生きていた。いや、妙というよりは、何かを探して虚空を見つめるような、ぼんやりしたような感じ、とでも言ったほうがいいだろう。宙に何かを書こうとしているような、何か謎を解こうとしているような、そんな感じ。カフェ・ルビーに集まる若者たちも同意見だった。それに対し、ロロは突如心臓発作を起こした。ひとり静かに過ごすタイプの青年で、四ドアのシボレーに乗るほど金もあったが、亡くなる前の彼とじっくり話をした者は少なかった。玄関では音がよく響くので、事件の後、二階建ての家の女は、ロロの泣き声は窒息した叫び声のようだった、絞め殺して粉々にしてやろうとする手の間から漏れる叫び声のようだった、と何日も何日も繰り返した。そしてその直後、石段に頭をぶつける恐ろしい衝撃、叫びながら駆け出すデリア、もはや無意味な喧騒。

　無意識のうちにマリオはそうした情報の断片を集め、隣人たちの中傷を反駁する説明を練り上げている自分に気づくこともあった。デリアに直接質問を向けたことは一度もなく、ただ漠然と何かを待つだけだった。実はデリアが巷の囁きに通じているのではないかと思われることもあった。マニャラ夫妻でさえ、ロロやエクトルの話題に触れるときは、まるで二人が旅にでも出ているような、妙な話し方になった。用意周到で有無を言わさぬ取り決めに守られて、デリアは沈黙を貫いていた。二人と同じく慎重なマリオが一家に加わると、三人は薄い丈夫な影でデリアを包み、火曜から木曜まではほとんど透明なこの幕が、土曜から月曜までは目に見えて彼女を優しく包んだ。デリアはみるみる明るさを取り戻し、ピアノを弾くかと思えば、ボードゲームに興じることもあった。マリオにも以前より優しくなり、リビングの窓際に彼を座らせて、どんな裁縫や刺繍をしたいか話して聞かせたりもするようになった。デザートやボンボンの話をしようとしないのがマリオには不思議だったが、それも彼女の細やか

3　二十世紀前半のアルゼンチンで広く読まれた大衆紙。

な気遣い、退屈させまいとする配慮だと考えることにした。マニャラ夫妻はデリアの作るリキュールを誉めそやし、ある晩マリオに一杯振る舞おうとしたが、そこでデリアは荒々しく口を挟み、あれは女の飲み物だとか、うっかりほとんどすべてこぼしてしまったとか、そんなことを言い出した。「エクトルは……」悲しそうな声で母は切り出したが、マリオのことを考えてすぐに口をつぐんだ。やがてわかったとおり、マリオは、自分のいる前でかつての婚約者の話を持ち出されても、別段気にすることはなかった。それ以後リキュールの話が出ることはなかったが、やがてデリアは意欲を取り戻し、新たな飲み物作りに挑戦することに決めた。昇進が決まった日のことだったのでマリオもよく覚えているが、彼は午後、真っ先にボンボンを買ってデリアのもとを訪れた。するとマニャラ夫妻は、受話器のようなヘッドホーンを付けた鉱石ラジオを辛抱強くいじっており、なんとしてもロシータ・キローガ[4]の歌声を聴かせたいと言って、しばらく彼を食堂に引き止めた。その後でようやくマリオは二人に昇進のことを話し、デリアにボンボンを買ってきたことも伝えた。

「そんな気遣いは無用なのに。まあいい、リビングにいるから、届けてあげて」そして夫婦は出て行く彼を眺め、しばらく互いの顔を見つめ合った後、夫のほうが月桂樹の冠でもとるようにヘッドホーンを外すと、夫人は目を逸らせて溜め息をついた。突如二人は迷子になった、あるいは不幸になったようだった。曖昧な仕草で夫はラジオのレバーを上げた。

デリアは箱を見つめ、最初こそたいして中身に注意を払わなかったが、二つ目に、クルミの粒が乗ったミント味のボンボンを選ぶと、マリオに向かって、自分でもボンボンを作ることがあると打ち明けた。いろいろと黙っていたことを詫びるような調子ではあったが、ボンボンの作り方について、その中身、チョコレートやモカのコーティングについて、要領よく説明した。一番のお気に入りは、リキュールを詰めたオレンジ味のもので、デリアはマリオの贈り物を一つ取り上げて針で穴を開け、どう作るのか説明していった。ボンボンと較べて彼女の指が異様に白く、説明を聞きながらマリオは、手術の大事な局面に差し掛かった外科医を見るような気分だった。デリアの指に挟まれたボンボンは、まるで小さなネズミか、針で痛めつけられた小動物のよ

4 ロシータ・キローガ（一九〇一～一九八四年）、ブエノスアイレス生まれの歌手、ギタリスト、作曲家。女性タンゴ歌手の草分け。

うだった。マリオは妙な不快感、むかつくほど不気味な甘さに囚われた。「そのボンボンは捨ててください」とでも言いたいところだった。「目の届かないところへ捨ててください、それは生き物です、口には入れないでください、それはネズミです」やがて彼は昇進の喜びを取り戻し、紅茶リキュールやバラリキュールの作り方を説明するデリアの声に耳を傾けた…そして箱に手を突っ込んで、二つ、三つ、立て続けにボンボンを食べた。デリアはあざけるように微笑んでいた。彼はあれこれと思いをめぐらし、向う見ずな幸福感を抱いた。「三人目の恋人」こんな妙な考えが頭に浮かんだ。「三人目だが、まだ生きている恋人、そんなことを言ってみたらどうだろう」

細かい部分は忘れられ、記憶の裏側で小さな嘘が次々と編み込まれた今となっては、この話を持ち出すのも容易ではない。どうやら彼は以前より頻繁にマニャラ家に出入りしていたようだし、デリアもようやく普通の生活に戻って好き嫌いや気紛れを口にするようになり、マニャラ夫妻も、多少の不信感はあれ、娘の励まし役として彼に期待をかけるようになった。マリオは、リキュールの材料のみならず、フィルターや漏斗までプレゼントし、それを受け取るときにデリアが垣間見せる満足そうな表情を見ていると、少しは愛情が芽生えているのではないか、死んだ婚約者たちのことを忘れ始めているのではないか、そんなことを思わずにはいられなかった。

日曜日に夕食後の団欒をともにすると、マドレ・セレステは微笑みこそしなかったが彼に感謝し、美味しいデザートと熱いコーヒーを振る舞った。ようやく噂話は静まり、少なくとも彼のいる前でデリアの話題が出ることはなかった。カミレッティ家の末っ子にビンタを喰らわせたり、マドレ・セレステの前で荒々しく激高してみせたりしたのが功を奏したかどうか、それはわからない。ともかく、皆やっと考えを改めてデリアのことを許し、新たな目で彼女を見るようになったのだ、マリオはそう確信するに至った。マニャラ家で自分の家の話をすることはなかったし、また、日曜の夕食後の団欒でデリアの話をすることもなかった。リバダビア通りとカストロ・バロス通りの角が必要不可欠な中継地として有効に機能し、四ブロックの距離を置いて二重生活を送ることも可能であるように思われてきた。それどころか、一人になったりすると自分の内側とも外側ともつかぬところから聞こえてくる得体の知れない足音に耳を閉ざし、時とともに二つの家、二つの集団が歩み寄るのではないかと淡い期待を抱くことさえあった。

他にマニャラ家を訪れる人はなかった。親戚も友人もいないのが少々不思議なほどだった。特別なベルの鳴らし方を考えるまでもなく、誰もがすぐに彼だとわかった。甘ったるい蒸し暑さの増す十二月になると、デリアはオレンジを濃縮したリキュールを考案し、ある嵐の日の夕暮、二人仲良くこれを味わった。マニャラ夫妻は、体に悪いと思って口をつけなかった。デリアは怒ったりしなかったが、オレンジ色の光と熱い香りを放つこのすみれ色の飲み物をマリオが神妙に味わう姿を前に、まるで別人になったようだった。「暑くて死にそうだけど、美味しいね」一、二度彼はこう口にした。満足すると口数の減るデリアは、「あなたのために作ったの」と言った。マニャラ夫妻は、秘密のレシピを、十五日にわたって駆使した繊細な秘技を教えてくれとでも言いたそうにデリアを見つめていた。

ロロはデリアのリキュールが気に入っていたらしい。デリアがいないときにマニャラ氏が何気なく発した言葉から、マリオはそう察した。「デリアはいろいろ飲み物を作ってやったんだけど、ロロは心臓のことを気にしていてね、アルコールは心臓に負担をかけるから」病気がちな恋人、それを聞いてマリオは、デリアの表情やピアノの弾き方に垣間見えていた解放感の正体がわかった気がした。マニャラ夫妻に、エクトルは何が好きだったのか、デリアはエクトルにもリキュールやお菓子を作っていたのか、訊いてみようと思ったこともあった。デリアが再び取り組み、台所脇の棚に並べて乾かしているボンボンについても考えてみた。デリアはボンボンで何か素晴らしいことをやってのけるかもしれない、そんな予感がマリオにはあった。何度も頼んだ末に、ようやく一つだけ味見させてもらった。もう帰ろうというときになってデリアは、洋銀の小皿に乗せた白く軽いボンボンを差し出した。味を確かめている間――ほのかに苦く、ミントとナツメグが妙な具合に混ざり合っていた――、デリアは控え目に視線を下げていた。そして褒め言葉を撥ねつけ、まだ試作段階で、目指す味には程遠いと伝えた。だが、次に訪れた際――またもや夜遅く、ピアノの脇で辞去の言葉を告げようとしていたときだった――、マリオは別の試作品を味わうことになった。味だけに集中するため目を閉じるよう言われ、大人しく目を閉じて味わってみると、チョコレートの奥からほんのりミカンの味がするような気がした。歯がカリッとした断片を噛み砕き、味までは感じなかったが、甘くとろける中身にぶつかって心地よい感触が伝わってきた。

デリアは出来栄えに満足しており、マリオの感想が自分の追い求める味の表現に近いことを伝えた。まだ試行錯誤の段階で、微妙な調整が必要だろう。マニャラ夫妻からマリオが聞いたところでは、デリアは最近ほとんどピアノも弾かず、リキュール作りとボンボン作りに没頭しているという。非難の調子がこもっていたわけではないが、といって満足しているわけでもなさそうだった。デリアの出費を気にしているのだろうとマリオは思った。そしてこっそりデリアに、必要な食材や香料(エッセンス)があれば言ってほしいと伝えると、彼女は思いもよらぬ振る舞いに出た。彼の首に両手を回し、頬にキスしたのだ。その口はかすかにミントの香りを漂わせていた。瞼(まぶた)の下からその香りと味を感じ取ろうとして、マリオは思わず目を閉じた。そして再び唇が舞い戻り、硬い呻き声が漏れた。

もう一度キスされたかわからぬまま、彼はおそらく落ち着いて平静に返り、リビングの薄闇でデリアの試食役に戻った。彼女はこのところ滅多に弾かなくなっていたピアノを弾き、明日また来てほしいと言った。それまで二人は、こんな声で話したこともなければ、こんなふうに黙り込んだこともなかった。騒々しく新聞が届き、大西洋上で飛行機が行方不明になったというニュースを見て、マニャラ夫妻は嫌な予感に囚われた。すでに何機も大西洋上で行方不明になっていた。誰かが明かりを点け、デリアが怒ったようにピアノから離れると、一瞬マリオには、光を前にした彼女の仕草が、壁を伝って闇雲(やみくも)に逃げ出す狂ったムカデのように見えた。ドアの敷居に立って手を広げたり閉じたりしていた彼女は、やがて恥じ入るように中へ引き返し、マニャラ夫妻を横目で見つめた。そして見つめながらほくそえんでいた。

前からわかっていたことを確かめられただけで、別に驚きはなかったが、その夜マリオは、デリアの平和がいかに脆いものか、二人の死がまだいかに重くのしかかっているか、つくづく思い知った。ロロだけならまだしも、エクトルの死はまさに鏡を砕くヒビであり、心の限界を超えていた。かつてのデリアと変わらぬところといえば、奇妙な癖、香料や動物を操る腕前、単純で怪しい事象との繋がり、近寄ってくる蝶や猫、臨終の息遣いのようなオーラ。彼は際限なく愛情を注ぎ込もうと自分に誓うとともに、何年かかろうとも彼女を不吉な記憶から引き離し、庭と明るい部屋を捧げてやりたい、そんなことまで思った。結婚まで至らずとも、こうして静かな愛を引き延ばしていれば、やがて彼女は隣に三人目の死者がいるとは思わなくなり、この恋人もやがて死ぬという予感から解放されることだろう。

デリアに香料を持ってくるようになった彼は、これでマニャラ夫妻も喜んでくれるだろうと思っていたが、それどころか二人は不機嫌に塞(ふさ)ぎ込み、何も言わずに引っ込んでいるようになった。ただ、妥協のつもりなのか、いつもどおり夜更け近くの試食時間になると、二人はリビングを引き上げ、目をつぶらされた彼は、洋銀の皿に乗った小さな奇跡、その新しい菓子の一粒――材料の配合がなんとも微妙で、時に判断に迷うこともあった――を味わうのだった。

こうした心配りによってマリオは、デリアを映画やパレルモ散策に連れ出すことができるようになった。土曜の午後か日曜の朝、彼女を迎えに行くと、マニャラ夫妻の顔には感謝と共犯の表情が浮かび上がった。二人きりで家に残ってラジオでも聞くか、カードゲームでもしたい、そんな様子にも見えた。それでも彼は、老夫婦二人を家に残して出掛けるのがデリアには不本意なのだと見て取った。マリオと二人きりでいるのが悲しいわけではなかったが、珍しくマニャラ夫妻と連れ立って出掛けることがあると、デリアはいつになく陽気になり、地方物産展を心から楽しむばかりか、飴を欲しがり、玩具のプレゼントを受け入れ、家に帰った後まで飽きもせずじっと眺めているのだった。新鮮な空気を浴びて元気が出たらしく、肌は明るく、足取りもしっかりしてきたようで、午後になるとまた実験室に戻り、秤(はかり)とはさみを手に果てしない試行錯誤に励むのがマリオにはなんとも残念でならなかった。デリアはボンボンにかかりきりで、リキュールすら放り出していた。そして、試作品の味見をさせてくれることも少なくなった。マニャラ夫妻に味見をさせることは絶えてない。確かな根拠はないが、マニャラ夫妻は新しい味が苦手で、ありきたりなお菓子を好むのだとマリオは思っていた。デリアがテーブルに箱を置き、無理強いするでもなくボンボンを勧めたりすれば、きっと彼らは最も単純な、ずっと前からある形のものを選び、まず二つに割って中身を調べることだろう。ピアノの横で静かに不満を表すデリア、うわべだけぼんやりした彼女の姿がマリオには愉快だった。彼に最新作を取っておいて、最後の最後に台所から洋銀の小皿を持って現れる。

ある晩、ピアノを弾いていて遅くなり、デリアは彼に、一緒に台所まで来て新作のボンボンを味見してほしいと言った。明かりが点くと、隅で眠る猫と、床石の上を逃げまどうゴキブリがマリオの目に入った。彼は自分の家の台所を思い出し、柱の根元に黄色い粉を撒くマドレ・セレステの姿を頭に浮かべた。その夜のボンボンには、モカ味とともに奇妙な塩気が(ごくわずかだが)感じられ、まるで味の最後に涙が隠されているようだった。これが、ロロが玄関で倒れたあの夜流した涙の名残だなどと考えるのはあまりに馬鹿げている。

「金魚が悲しそうなの」作り物の藻と石を敷いた金魚鉢を見せながらデリアは言った。半透明のバラ色の小さな魚が、口をパクパクさせながら半分眠っている。生きた真珠のような冷たい目がマリオを見つめた。塩気を含んだ目と、嚙んだ後に歯の間を滑り落ちる涙、マリオはこの二つを照らし合わせてみた。

「もっと頻繁に水を換えたほうがいい」こう言ってみた。

「無駄よ、もう齢だし、病気にかかってるの。明日には死んじゃうわ」

この予言が彼には不吉な時の再来のように思われ、喪に苦しんでいたあの最初の日々へデリアが逆戻りすることを恐れた。あのこと、石段も波止場もまだ近くにあり、靴下の間や夏物のペチコートの間から突如エクトルの写真が出てくる。クローゼットの扉に貼った絵にはドライフラワー——ロロの通夜で使われたもの——が付いている。

辞去する前に彼は、秋に結婚しようと持ちかけた。デリアは黙ったまま、蟻でも探すようにリビングの床を見つめた。そんな話は一度もしたことがなかったせいか、デリアはなんとか平静に戻ろうとして、答えを探しているようだった。そして明るい表情で彼を見つめ、突如立ち上がった。その姿は美しかったが、口が少し震えていた。空中で小さなドアを開けるような、魔法でも使いそうな仕草があった。

「それじゃ、これからあなたは私の婚約者ね」彼女は言った。「今までとうって変わって、まるで別人のようだわ」

マドレ・セレステは黙って知らせを聞き、アイロンを脇に置くと、その日は一日中部屋から出てこなかった。兄妹が一人ずつ交代で様子を見に行ったが、そのたびに、腑抜けたような顔で、エスペリディーナのコップを手に持って出てきた。マリオはサッカー観戦に出掛け、夜にはバラを持ってデリアのもとを訪れた。リビングで待っていたマニャラ夫妻は、彼を抱擁して祝福の言葉をかけ、ポルト[5]のボトルを開けて菓子を振舞った。その態度は、親密ではあったが、どこかよそよそしかった。今や単なる友人ではなくなり、親類の、幼少期の始めからすべてを知る者の目で見つめ合っている。マリオはデリアにキスし、マニャラ夫人にもキスし、未来の義父を抱擁するときには、任せてください、これからは僕がこの家を支えます、とでも言いたいところ

5　ポートワインのこと。ポルトガルのポルト港から出荷される特産のワインで、甘味果実酒に分類される。

だったが、言葉が出てこなかった。マニャラ夫妻も何か言いたそうだったが、口をつぐんでいた。夫妻は新聞を揺らしながら寝室へ引き上げ、マリオはデリアとピアノ、デリアと「インディアン・ラブ・コール」[6]の調べに寄り添った。

婚約してからの数週間、一度か二度彼は、マニャラ氏を外へ呼び出して匿名の手紙について打ち明けようと思ったことがあった。だが後で思い直し、こうした嫌がらせをするさもしい連中を相手にしても時間の無駄だし、義父に辛い思いをさせるのは無意味だと判断した。最悪の一通は土曜の正午に青い封筒で届けられ、『ウルティマ・オラ』紙に掲載されたエクトルの写真と青インクで下線を引かれた数行を前に、マリオの目は点になった。「家族の話では、よほど深い絶望でもないかぎり自殺など考えられないという」エクトルの家族があれ以来マニャラ家を一度も訪れたことがなかったとは、マリオには意外だった。最初の頃に一度くらいは来たことがあるのかもしれない。そういえば、マニャラ夫妻によれば、あの金魚はエクトルの母から贈られたものだという。あの金魚は、デリアの予言どおり、翌日死んだ。よほど深い絶望でもないかぎり自殺など考えられない。彼は封筒と切り抜きを焼き捨て、誰が怪しいかひとしきり考えてみた後、デリアに心中を打ち明け、自ら盾（たて）となって人々の毒牙から守ってやろう、許し難い噂話が漏れ聞こえても気にすることはないと言ってやろう、そう自分に言い聞かせた。五日後（まだデリアにもマニャラ夫妻にも何も話していなかった）、二つ目の衝撃が届いた。空色のブリストル紙[7]に、まず小さな星が貼られ（どんな意味があるのかはわからない）、そして「私があなたなら門扉の石段に気をつけます」とあった。封筒の内側からは、ほのかにアーモンド石鹸の香りが漂っていた。マリオは、二階建ての家の女はアーモンド石鹸を使っていただろうかと考え、さらに、的外れな勇気を発揮して、マドレ・セレステやその妹の小物箪笥を探ることまでした。だが、これも同じように焼き捨て、デリアには何も言わなかった。十二月、一九二〇年頃の暑い十二月のことで、すでにデリアの家で夕食をとるようになっていた彼は、食後一緒に裏庭を散歩したり、少し家の外へ足を延ばしたりしながらあれこれ話をした。暑さとともに、ボンボンを食べる機会は減り、デリアは実験をやめたわけではなかったが、リビングに試作品を持ってくることも少なくなり、むしろ形が崩れないよ

6 「インディアン・ラブ・コール」は、ミュージカル『ローズ・マリー』の挿入歌。
7 カード・名刺などに用いる滑らかな上質厚紙。

う型に入れたまま、明るい緑色の紙を薄い芝生のように被せて古い箱にしまうことが多くなった。マリオの目には、彼女が不安に囚われているように、何かを警戒しているように映った。街角などで後ろを振り返ることがたまにあり、ある日の夜、メドラノ通りとリバダビア通りの角にあるポストの前でデリアが拒絶反応を起こすのを見て、彼女も得体の知れない苦しみを味わっていることにマリオは気づいた。一言もその話には触れなかったが、実は二人とも同じ悩みを抱えていたのだ。

彼はカンガジョ通りとプエイレドン通りの角にある「ミュンヘン」でマニャラ氏と待ち合わせ、こんなところで密談の場を持っても無意味だといわんばかり、頻りにビールとフライドポテトを勧めたが、相手は眠そうな顔をしても警戒心を解かなかった。マリオは笑い混じりに勘定はすべて自分が払うことを告げ、回りくどい話はやめて、匿名の手紙、デリアの不安、メドラノ通りとリバダビア通りの角にあるポストについて話した。

「僕たち二人が結婚すればこんな面汚しはすぐに終わることぐらいわかっています。でも、僕には助けが必要なんです、彼女を守ってやってください。ショックを受けるかもしれません。繊細で、感受性の強いタイプですから」

「発狂する恐れがある、そういうことかい？」

「いえ、そうではありません。しかし、僕と同じように匿名の手紙を受け取っていて、それなのに黙っているとすれば、それが積もり積もって…」

「君はまだデリアのことをよくわかっていない。匿名の手紙ぐらいで… つまり、そんなことで傷ついたりはしない。あの娘は君が思うよりはるかに芯が強いからね」

「でも、怯えているようですし、何か引っかかっているようです」マリオが臆病に何とかこれだけ言った。

「それは君の思い過ごしだ」マニャラ氏は口を塞いでほしいとでもいわんばかりにビールを呷った。「これまでにも同じようなことはあった。私にはわかる」

「これまで？」

「二人に死なれる前、ということだよ。支払いを済ませてくれ、私はもう行かねばならない」

言い返そうとしたが、マニャラ氏はすでに出口へ向かって歩き出していた。そして彼は曖昧に別れの仕草を見せ、うなだれたままオンセのほうへ去っていった。マリオには後を追う気力はなく、今聞いたばかりのことについて考える気にもならなかった。

今や彼は振り出しに戻ってまたもや孤立無援となり、マドレ・セレステや二階建ての家の女、さらにはマニャラ夫妻、そう、マニャラ夫妻にまで、ひとりで立ち向かわねばならなかった。

デリアは何か感づいていたらしく、いつもと違って、出迎えるなりほとんど陽気にあれこれ問いかけてきた。マニャラ氏から「ミュンヘン」で会ったことを聞いているかもしれないし、きっかけがあれば自分から話そうと思って様子をうかがっていたが、彼女は『ローズ・マリー』[8]やシューマンの曲を少し、それにテンポの速いパチョのタンゴを聴き続け、やがて菓子とマラガワイン[9]を手に入ってきたマニャラ夫妻が灯りをすべて点けた。ポラ・ネグリ[10]、リニエルスでの犯罪、部分日食、猫の不調などに話が及んだ。デリアによれば、毛を飲み込みすぎて消化不良を起こしているので、ひまし油を飲ませればいいという。マニャラ夫妻も、特に何も言わずその意見に賛成したが、納得した様子ではなかった。結局、庭へ出しておけば自分で薬草を選んで食べるだろうということになった。だが、デリアは猫がすでに死にかかっていると思い込んでおり、ひまし油を飲ませれば少しは延命できると言い張った。街角で新聞を売る声が聞こえ、マニャラ夫妻は二人一緒に『ウルティマ・オラ』紙を買いに走った。デリアに無言の指図を受けて、マリオはリビングの灯りをすべて消した。角のテーブルにライトが一つ残り、未来派風の装飾に縁取られた書類ケースに古臭い黄色を落としていた。ピアノの周りはぼんやりと光に照らされていた。

マリオはデリアの服について訊ね、嫁入り道具の準備は進んでいるか、挙式は五月より三月のほうがいいか、など質問をぶつけた。勇気を振り絞ってなんとか匿名の手紙について話してみようと身構えたものの、ヘマをやらかす不安をどうしても拭いきれず、切り出すことができなかった。デリアは、ダークグリーンのソファーで彼の横にくつろぎ、空色の服が薄闇の中にその体を弱々しく浮かび上がらせていた。彼は一度キスしようとしたが、彼女の体が少し緊張で強張るのを感じた。

「ママがもうすぐおやすみを言いに来るわ。二人が寝室へ下がるまで待ちましょう…」

8　一九二〇年代に大流行したミュージカル。
9　スペインの都市マラガに起源をもつ甘口酒精強化ワイン。
10　ポーランド出身の女優。サイレント映画時代に活動し、妖艶なヴァンプ（悪女）役でスターになった。

部屋の外にはマニャラ夫妻の気配が感じられ、新聞をめくる音や会話の言葉が断続的に届いてきた。その夜は眠くなかったらしく、十一時半になってもまだ話し声が聞こえてきた。再びピアノの前に座ったデリアは、長いアルゼンチン風ワルツをしつこいほどダ・カーポ・アル・フィーネで弾き続け、その少々キザな技法と節回しでマリオの耳を和ませていたが、しばらくするとマニャラ夫妻がおやすみの挨拶に顔を出し、あまり遅くならないようにね、君はもうすでに家族の一員も同然なのだから、デリアが夜更かししないよう気を配ってくれないと、と言葉をかけた。夫妻が不本意ながらも眠気に屈して引き下がると、玄関やリビングの窓から熱気が吹き込んできた。マリオは水を飲みたくなって台所へ入ったが、自分で水を注いでやりたかったデリアは少々不満そうだった。リビングへ戻ってみると、デリアは窓際に立ち、今は人通りがないが、かつて同じような夜にロロやエクトルが歩き去っていった通りを眺めていた。月の光がすでに少しだけデリアの足元に届き、彼女の手には、小さな月のような銀の小皿が乗っていた。マリオにはわかっていたとおり、マニャラ夫妻のいる前で彼に味見をさせると、いつも新作の実験台にするのは気の毒だとうるさく小言を言われるので、避けるようになっていたのだ。もちろん嫌なら無理強いはしない、でも、夫妻は新しい味をまったく受けつけないし、マリオが一番頼りになる。すがるようにしてボンボンを差し出す彼女を前に、その声に込められた思いをマリオは理解し、月から射すのでもデリアから射すのでもない光に自分が包まれていることを見て取った。水の入ったコップをピアノの上に置き（台所では口をつけなかった）、二本の指でボンボンをつまみ上げると、横で判決を待ちうけるデリアは、まるですべてが相手の言葉次第とでも言うように息を熱くし、乱れた呼吸とともにかすかに体を揺らしながら、黙ったまま身振りと大きく見開いた目——それともリビングの薄闇のせいでそう見えたのだろうか——で彼を急かすようにしていたが、マリオがボンボンを口に近づけて、今にも齧りそうなところでまた手を下ろすと、デリアはほとんど息を詰まらせ、まるで快楽が頂点に達したところで中断されたとでもいうように呻き声を漏らした。彼は空いた手でボンボンを両側から押さえつけたが、その目はボンボンではなくデリア、その目、そして暗闇に現れたピエロのような白塗りの顔に向けられていた。指を開くとボンボンが割れた。月の光が正面から降り注いでゴキブリの白い塊を照らし出し、革のような光沢を剝き出しにした胴体、ミントとマジパン[11]と混ざり合った脚と羽の断片、そして、甲皮を砕いた粉が浮かび上がった。

マリオがボンボンを握り潰して相手の顔に投げつけると、デリアは目を覆って嗚咽にむせび始め、やがて喉が詰まって、その声がロロの亡くなったあの夜と同じ鋭い叫びに変わるとともに、マリオの指が彼女の喉を包み込んだが、それは、胸から込み上げてくる恐怖から、身を捩じらせて崩れ落ちる笑いに泣き声と呻き声が混ざったような音から、喉を守ってやろうとしてのことではなく、彼としては、ただ黙ってほしい、こうして締めつけていれば黙ってくれるだろう、二階建ての家の女が今頃恐怖と期待感で舌なめずりしながら聞き耳を立てているだろうから、なんとしても黙らせねばならない、そんなことを思っていただけだった。背後では、両目に木の棒を刺された猫が死にきれぬまま屋内で体を引きずり、起き出して食堂からこっそり様子を窺っていたマニャラ夫妻の息遣いが耳に届いたところで、マリオは、食堂の陰、ドアの後ろに潜んですべて聞いていたにちがいない、自分がデリアを黙らせようとしていることにも気づいているにちがいない、そう思った。彼は指を緩め、黒く痙攣してはいても死んではいないデリアがソファーに崩れ落ちるのを見届けた。マニャラ夫妻の喘ぎ声が聞こえ、この一連の事態、デリア自身のこと、またもや彼女を生かしてしまったことを考えると、二人が気の毒に思えてきた。エクトルやロロと同じく、自分もこのまますべてを捨てて出ていくのだ。泣きじゃくるデリアを黙らせてほしい、なんとかデリアの泣き声を消してほしい、それだけを願ってドアの後ろに身を潜めていたマニャラ夫妻の姿を思い浮かべると、胸が痛んだ。

---

11 アーモンドと砂糖でつくるペーストで、細工が容易で製菓の材料となるもの。

天国の扉

八時にホセ・マリアが知らせを持って現れ、単刀直入にセリーナが死んだことを告げた。瞬時に、「セリーナが死んだ」というその言葉が気になり、まるで臨終の時を彼女が自分で決めたような印象を受けたのを覚えている。すでに陽は落ちており、私に話しかけるホセ・マリアの唇は震えていた。

「マウロは落ち込んで、狂わんばかりの状態でした。行ってやりましょう」

書類を書き終えねばならず、女友達を夕食に連れて行く約束もしていたが、二本だけ電話をした後、私はホセ・マリアとタクシーを拾うことにした。マウロとセリーナの家はカニング通りとサンタ・フェ通りの交差点にあり、到着まで十分とかからなかった。中へ入っていくと、玄関は罪悪感と断絶の空気を漂わせた人で溢れていた。道中聞いた話によれば、セリーナは六時に血を吐き始め、マウロが医者を呼びに行く間、彼女の母親がずっと付き添っていたという。どうやら、医者が長い処方箋を書いていたときに、セリーナが目を開け、咳のような、いや、口笛のような音を発して事切れたらしい。

「私がマウロを抑えたんです、マウロは飛び掛からんばかりで、医者は逃げ出さねばなりませんでした。ご存知のとおり、あいつは怒ると手がつけられませんからね」

私はセリーナのこと、我々を待つセリーナの最期の顔を思い浮かべていた。老婆の叫び声や中庭の混乱はほとんど耳に入らなかったが、タクシーの値段が二ペソ六〇で、運転手がアルパカ毛の帽子を被っていたことは今でも覚えている。マウロの飲み友達が二、三人来ており、ドアのところで『ラ・ラソン』[1]を読んでいた。青い服を着た少女が葦毛色の猫を抱え、丁寧に髭(ひげ)を撫でつけていた。もう少し中へ進むと、騒ぎ声と籠ったような臭いが届いてきた。

「さあ、マウロのところへ行ってやれよ」私はホセ・マリアに言った。「酒でも飲ませたほうがいい。」

1　アルゼンチンの大衆的夕刊紙。

台所ではすでにマテ茶が配られていた。ひとりでに通夜が始まっている。顔、飲み物、熱気。セリーナが死んだ今、近所の人たちがあらゆる手段（お決まりの受け答えも含め）を駆使してしかるべき雰囲気を整える光景は信じられないほどだ。台所の脇を通って死者の部屋を覗くと、電球がぶつぶつと大きな音を立てていた。闇の底からミシア・マルティータともう一人の女が私を見つめ、その横に、マルメロ[2]のジャムに浮かんだようなベッドが見える。そこから立ち昇る空気を感じて私は、ついさっきセリーナの身が清められて死衣を被せられたばかりなのだと気がついた。かすかに酢の臭いまで漂っていた。

「かわいそうに」ミシア・マルティータが言った。「どうぞ、先生、見てやってください。まるで眠っているようです」

悪態をついてやりたい気持ちを抑えながら、人いきれのする部屋へ入った。少し前から私はセリーナの顔を見るともなく見ていたが、今度は彼女のほうへ、ギターに貼られた真珠層のように輝く低い額から伸びるサラサラの黒髪のほうへ、もう手の施しようもない真っ白な浅い皿となった顔のほうへ、引きずられていった。すぐに気づいたとおり、もはやそこでできることは何もなく、部屋は女たち、それも、夜とともに泣きにやってくる女たちに占拠されていた。マウロですら落ち着いてセリーナの横に座っていることはできなかっただろうし、セリーナもそんなことは期待しなかっただろう。白黒の物体が泣き女たちの横でひっくり返り、変わりようもなく繰り返されるお題目を携えて寄り添っていた。それよりマウロ、まだ自分たちの側にいるマウロを探しに行ったほうがいい。

部屋から食堂までの暗い通路で、男たちが黙ったまま煙草をふかしていた。ペーニャ、いかれたバサン、マウロの弟二人、そして正体不明の老人が恭しく声をかけてきた。

「わざわざご足労くださり、ありがとうございます、先生」一人が言った。「かわいそうなマウロに、いつも本当によくしてくださって」

「こういう時に頼りは友人だけです」老人が言いながら、生きたイワシのような手を差し出してきた。

2　バラ科マルメロ属の落葉高木。マルメロは果実の名。樹はマルメレイロという。日本名「セイヨウカリン」。

こんなことが起こっている間、私の頭は再びルナ・パークのセリーナとマウロへ飛び、四二年のカーニバルで踊り始める、セリーナは色黒の肌にまったく似合わぬ空色の服を着て、マウロはポロシャツ姿、私はすでにウィスキーを六杯も呷ってすっかり出来上がっていた。マウロとセリーナと一緒に出掛けて、傍らで二人の固く熱い幸福の相伴に与るのが私は大好きだった。いろいろうるさく言われれば言われるほど、私は二人（私の日々、私の時間）に近づき、彼ら自身は気づいてもいないその存在感を堪能した。

私は踊りから身を引き離し、部屋からドア伝いに這い登ってくる呻き声に耳を傾けた。

「母親だろう」いかれたバサンはほとんど満足そうに言った。[3]

《貧者らしからぬ完璧な三段論法》私は思った。《セリーナの死、母の到着、嗚咽》そんなことを考えた途端、他の人なら感じるだけで十分なことをわざわざ考える自分に嫌気がさす。マウロもセリーナも決して私のモルモットではない、そうではなかった。心から打ち解けていたし、今もそれは変わらない。だが、彼らのように単純になることができず、私には彼らの返り血を糧にするしかなかった。私はドクトル・アルドイ、法廷と音楽と競馬のブエノスアイレスに飽き足らず、できるだけよその玄関に顔を出そうとする。もちろんその奥に好奇心があり、少しずつ自分のメモ帳に情報がたまっていることはよくわかっている。だが、セリーナとマウロは違う、セリーナとマウロは違うのだ。

「こんなこと、誰に予想できたでしょう」ペーニャの声が聞こえた。「こんなにあっけなく…」

「まあ、前から肺に病を抱えていたからね」

「ええ、でも…」

二人はぱっくり口を開けた大地から身を守っていた。確かに肺に病を抱えていたが、それでも… セリーナもこんな死に方は予想もしていなかっただろうし、彼女にとってもマウロにとっても、結核は単なる「弱点」にすぎなかった。またもや、マウロの腕に抱かれて陽気にクルクル回る彼女の姿、上方に陣取るカナロ[4]の楽団、安い化粧品の臭いが頭に浮かぶ。そして私とマチチャ[5]を踊り、フロアは恐ろしいほどの人と熱気。

---

3 ブエノスアイレスにあるスポーツ施設。

「上手ですね、マルセロ」弁護士のくせにマチチャを踊るのが不思議とでも言いたげな調子だった。彼女もマウロも私に慣れ慣れしい口を利くことはなく、私のほうでも、マウロにはくだけた話し方をしたが、セリーナには敬語を使った。おそらく知人たちの前で私、「アミーゴのドクトル」との付き合いをひけらかしたかったこともあるのだろうが、セリーナは「ドクトル」という呼び方をなかなかやめられなかった。私はマウロに頼んで説得してもらい、そこからやっと「マルセロ」という呼び方になった。以後二人は少し私に歩み寄ったが、私は以前と変わらず距離を感じていた。大衆的なディスコやボクシング、それにサッカーまで一緒に行って（マウロはかつてラシン[6]の選手だった）、台所で遅くまでマテ茶を飲み交わしても、それは変わらなかった。裁判が終わってマウロが五〇〇〇ペソを手にすると、真っ先にセリーナが、これからもどうぞよろしく、また遊びに来てください、と言ってきた。すでに体調は優れず、前からすでにかすれていた声はいっそう弱々しくなっていた。夜になると咳き込み、マウロは、あの愚かしいネウロフォスファト・エスカイや、キナ・ビスレリ鉄分カプセルなど、新聞雑誌で紹介されて読者を手玉にとる商品を買い与えていた。

我々はよく三人で踊りに出掛け、私は二人のありのままを観察していた。

「マウロに言葉をかけてやってください」突如私の横に現れたホセ・マリアが言った。「きっと気分が晴れるでしょうから」

私はそうしたが、ずっとセリーナのことが頭から離れなかった。忌まわしくとも認めねばなるまい、私は、実際に書き留めていたわけではないがいつも手元に置いていたセリーナ関連のメモを脳内で掻き回し、整理することしかしていなかったのだ。この世のありとあらゆる健常な動物と同じく、マウロも人目を憚らず大泣きしていた。熱っぽい汗に濡れた手で私の手を握り、ほとんど無理やりホセ・マリアにジンを押しつけられると、啜りあげて泣く合間に奇妙な音を立てながら一気に飲み干した。そし

---

4 フランシスコ・カナロ（一八八八〜一九六四年）、ウルグアイ出身でアルゼンチンで活躍したタンゴのヴァイオリニスト、指揮者、作曲家。フランシスコ・カナロ楽団として作品多数。

5 アルゼンチンの民族舞踊。

6 ラシン・クラブはアルゼンチンの、ブエノスアイレス州にあるアベジャネーダを本拠地とするスポーツクラブ。とくにサッカー・クラブが有名。

て言葉を発し、自分の人生すべてをぶちまける愚かしい呟きとともに、実際にはセリーナの身に起こったことではあっても、彼だけが憤りと怨念をぶつけていた取り返しのつかない事件をぼんやりと意識していった。今日ばかりはナルシシズムも許され、一芝居打っても、誰にもとやかく言われることはない。私は一瞬マウロに嫌悪感を抱いたが、そんなことを思う自分にもっと嫌悪感を覚え、安物のコニャックを呷ると、何の味も感じないまま口が焼かれていくようだった。通夜は滞りなく進み、マウロ以下、ほぼ非の打ちどころのない状態のまま、暑く平板な夜が中庭で故人の思い出話に耽る絶好の雰囲気を醸し出すうちに、やがて曙光がセリーナの死衣に朝露を忍ばせ始めた。

それが月曜日のことであり、その後私はロサリオ[7]で弁護士会に出席せねばならなかったが、そこで行われたことといえば、互いに褒め合って狂ったように酒を飲むばかり、週末にはまた首都へ戻ってきた。帰りの汽車にムーラン・ルージュの踊り子が二人乗り合わせ、若いほうは私と顔見知りだったが、彼女はまったく気づかぬふりを貫いた。その日も午前中はずっとセリーナのことが頭から離れず、彼女の死それ自体より、一つの秩序、必要な習慣が失われたことを痛感していた。二人の踊り子を見ていると、セリーナのキャリアについて、ギリシア人カシディスのミロンガ[8]から彼女を連れ出して自分と一緒に住まわせようとしたマウロの無鉄砲について、あれこれ考えてみずにはいられなかった。あの種の女から何かを期待するなど、よほど肝が据わっていなければ無理な話だが、それはともかく、私がマウロと知り合ったのもその頃で、彼の母がサナガスタ[9]に所有していた土地をめぐる訴訟問題で相談に来たのがきっかけだった。二度目の相談についてきたセリーナは、まだプロ顔負けの化粧をして、少々浮ついたところはあったものの、それでもマウロの腕にしっかりとすがっていた。私にとって二人の品定めなど容易なことで、マウロが攻撃的なまでの一途さを発揮して身も心もセリーナに捧げようとしていることが、黙っていても伝わってきた。彼らと親しくなる頃には、少なくとも二人の日常生活を外から観察しているかぎり、マウロ

7 パラナ川の河畔にあるアルゼンチン第三の都市。
8 タンゴや他のリズムのダンスを自由に踊って楽しむ場所のこと。
9 ラ・リオハ県にある町の名前。

の願いは首尾よく達成されたように思われた。だが、やがて私も気づいた通り、実はセリーナは気紛れを起こしてマウロの手を逃れることも多く、俗っぽい踊りへ繰り出す衝動を抑えつけることもできなければ、繕い物を手にラジオの脇で長い間夢見心地に浸ることもやめられなかった。ネビオロ対ラシンの試合が四対一で終わった日の夜、セリーナの歌声を聴いた私は、落ち着いた家庭や雑貨屋「アバスト」で働くマウロを尻目に、彼女がまだカシディスのところへ出入りしていることを確信した。好奇心に駆られて私は彼女の安っぽい欲求を焚きつけ、しばしば二人で、音割れするスピーカーを並べた盛り場や、床一面に脂ぎった紙を散らかしたまま熱過ぎるピザを出す安食堂へ出掛けていったが、実際にマウロが望んでいたのは、何時間も中庭でマテ茶を啜りながら隣人と世間話に耽る静かな生活だった。マウロは相手の希望を少しずつ受け入れ、大人しく従ってはいたが、決して譲歩することもなかった。やがてセリーナは納得するようなふりを見せ始め、どうやら本当に観念したのか、外出を控えて家事に励むようになった。マウロが踊りに出掛けるとすれば、それは私のおかげだったから、彼女は最初からずっと私に感謝していた。二人は愛し合っており、セリーナの幸せぶりが二人、時には三人を包み込んだ。

私はまずシャワーを浴び、ニルダに電話して日曜日競馬場へ行く前に寄ると伝えた後で、早速マウロに会いに行くことにした。彼は中庭でのんびりマテ茶を飲みながら煙草をふかしていた。二つ三つ穴の開いたTシャツを見て私はほろりとし、挨拶代わりに彼の肩を軽く叩いた。最後に会ったとき、墓穴の横に立って一握りの土を投げ入れ、目が眩んだように後ずさったあの瞬間とまったく同じ顔だったが、目には明るい光が見え、握り締める手もしっかりしていた。

「わざわざすみませんね。一日が長く感じられますよ、マルセロ」

「アバストの仕事は誰かに代わってもらっているの？」

「足の不自由な弟に代わってもらっています。時間は余るほどありますが、どうも行く気になれなくて」

「ああ、少しは気晴らしも必要だろう。服を着替えて、パレルモにでも行かないか」

「ええ、ここにいても仕方ありませんしね」

彼は青い上着を羽織って刺繍入りのスカーフを巻き、かつてセリーナが使っていた香水をつけた。ツバを持ち上げた帽子の被り方も絶妙で、静かな軽い足取り、いいぞ、その調子だ。私は甘んじて彼の話に耳を傾け――「こういう時に頼りは友人だけです」――、二本目のキルメス・クリスタル[10]に入ると、マウロは思いのたけをぶちまけた。他にほとんど客のいないカフェで、我々は奥のテーブルに陣取り、私は話を聞きながら時折ビールを注ぎ足してやった。話の内容はほとんど覚えていないが、結局のところ、こんな時に出てくるのはいつも同じ話だろう。よく覚えているのは、「今も彼女はここにいます」、痛みかメダルでも指差すように胸の真ん中に人差し指を突きつけながらこんな言葉を言っていたことだ。

「忘れたいんです」そんなことも言っていた。「何でもいい、酔いつぶれても、ミロンガへ行っても、女を相手にしてもいい。わかるでしょう、マルセロ…」謎めいた人差し指が持ち上げられ、折畳みナイフのように突如折れ曲がった。もはや私は何でも受け入れる心構えになっていたが、何かの拍子に出てきたサンタ・フェ・パレス[11]という言葉を聞きつけた彼が、当然のごとくこれから二人で行こうと言い出し、真っ先に立ち上がって時間を見たときも、暑さをこらえて無言で従うことにした。きっとマウロは長い思い出話を始めるにちがいない、踊りへ向かうセリーナの熱い喜びが腕に感じられないと言って何度も驚くにちがいない、私はずっとそんなことを考えていた。

「彼女とは一度もそのパレスへ行ったことがありません」突如彼は言った。「私自身は彼女と知り合う前に行ったことがあります。怪しげなミロンガですが、よくいらっしゃるのですか？」

本当はサンタ・フェという名前でもなければ、サンタ・フェ通りにあるわけでもなく、そこから少し入ったところにあるこの盛り場について、私のメモ帳にはその様子が詳しく記録してある。残念ながらそれはここで再現できるようなものではなく、イベントのポスターをごてごてと貼った簡素なファサード[12]や雑然とした窓口はもちろん、入り口にじっと佇(たたず)んで入場客を睨みつける用心棒たちの様子なども、簡単に描写することはできない。そしてそれに続くのは、何も定まったもののないあんな場所に良いも悪いもないとはいえ、とにかくもっと悪い世界、まさにカオスであり、混乱から生まれる偽の秩序、地獄とその周辺だった。日本風庭園の地獄は、入場料二ペソ五〇、

10　アルゼンチンの国民的ビール。
11　歓楽街にある店。サンタ・フェはスペイン語で「聖なる信仰」の意。
12　建物の正面のこと。

女性は五〇のみ。雑然と区切られた小部屋があり、屋根に覆われた中庭のようなスペースがいくつも連なるうち、最初の部屋には定番の音楽、二番目には奇抜な音楽、三番目にはコーラスとマランボの踊りを従えた北部音楽が流れている。真ん中の通路へ出ると(私はウェルギリウス[13]の役回り)、三つの音楽が同時に聞こえ、踊りの輪も三つ見える。あとは、好きな輪に加わるか、踊りから踊りへ、ジンからジンへ、テーブルと女を追って渡り歩くか、どちらでもいい。

「悪くないですね」悲しげな様子でマウロが言った。「暑いのが難点です。もっと換気をよくしないと」

(メモ。オルテガ[14]の提起に基づき、民衆と科学技術の関係を研究すべし。衝突がありそうな場面でも、人々は荒っぽくこれを受け入れて利用する。マウロも、冷凍技術やスーパーへテロダイン[15]といったテーマに関して、何でも当然のように受け入れるブエノスアイレス人らしく堂々と話すことがある。)ぼんやり立ちつくし、定番音楽の舞台、両手でマイクを握り締めてゆっくりと揺らす歌手をじっと眺めるマウロを見て私は、彼の腕を取ってテーブルへ導いた。辛口のカニャ[16]を前に我々は満足して肘を突き合わせ、マウロは自分のグラスを一気に呷った。

「これでビールが落ち着きます。しかし、やたらと混んだミロンガですね」

彼はもう一杯注文し、その間に私は一息ついて周りを見渡すことができた。テーブルはフロアのすぐ脇にあり、反対側には長い壁に沿って並べられた椅子が見え、仕事に励む女、楽しむ女が入れ代わり立ち代わり独特の呆けた空気を漂わせながら休息を取っていた。話し声はほとんど聞こえず、激しく空気を震わせて陽気に響く定番音楽が耳に飛び込んできた。歌手はノスタルジーにすがり、速いテンポで休みなく続く曲に信じられないほどの感情を込めていた。「あの娘の三つ編みはまだトランクに入れ

13 古代ローマの詩人。『牧歌』、『農耕詩』、『アエネーイス』によって知られる。ヨーロッパ文学史上、ラテン文学において最も重視される人物の一人。ダンテ『神曲』に地獄めぐりの案内人として登場する。

14 ホセ・オルテガ・ガセット（一八八三〜一九五五年）、スペインの哲学者。主著に『ドン・キホーテをめぐる思索』、『大衆の反逆』など。大衆や科学者について批判的に論評した。

15 受信電波の周波数を変えてから増幅・検波する受信方式。ラジオ受信機などに用いられる。

16 アルゼンチンの大衆的蒸留酒。さとうきびで作られる強い酒。

て…」門の格子にでもすがりつくようにマイクを握りながら、くたびれた色欲か、肉体的必要らしきものを表現している。時折マイクに唇がつくと、スピーカーから粘ついた声が流れてきた。「僕は誠実な男…」マイクを仕込んだゴム人形でも作れば、それを抱いて歌う歌手はもっと激しく盛り上がるのではないかと思いついて、いい商売になりそうな気がしたが、それもタンゴには通用すまい。やはり先端に小さく輝く骸骨と強張った網目の微笑みをつけたマイクスタンドが一番いい。

ここで付記しておいたほうがいいかもしれないが、私があのミロンガへ行くのは「怪物」を観察するためであり、あそこ以上にたくさんの怪物が出没する店は他にないと思う。夜の十一時とともに、この町のどこからともなく姿を見せ始め、ゆっくり堂々とした態度で、ひとり、ふたり、小柄な色黒の女たちや、チェックの服か黒服を着て、青色やバラ色の照り返しに耐えるポマードを塗りたくって疲れるほど髪を固めたジャワ風、モスクワ風の男たち、そして、髪をあまりに高く巨大に盛ったせいで——それほど窮屈で面倒な髪型をしてみても、後には疲労とプライドぐらいしか残りはしない——余計に小さく見える女たちが闊歩する。男たちは、ふんだんな髪を真ん中から分けて垂らし、たとえ下には粗野な顔が控えていても、まるでオカマのように前髪をカールさせて、細い腰の上に乗せたしなやかな胴に攻撃性をちらつかせながら、自分の時間が来るのを待っている。黙ったまま彼らは賞賛の眼差しで互いの存在を認め合い、色鮮やかな今夜が自分の踊りと出会いのためにあると心密かに信じている。（メモ。こいつらはいったいどこから出てくるのだろう、昼間はどういう仕事をしているのだろう、どんな怪しい隷属に身を隠しているのだろう。）怪物たちはそれを求めて現れ、重々しい敬意を込めて互いに体を絡ませ、口を開くこともなく、多くは目を閉じたまま、ゆっくりと一曲一曲踊りながら、やっと出会えた同類、欠けていたものの充足を楽しむ。踊りの合間に英気を養い、テーブルに着けば虚栄心をひけらかし、女たちは注目を集めようとして甲高い声で話し、すると男たちは恐ろしい形相になり、白い服でアニス酒[17]を飲んでいた斜視の色黒女に平手打ちや殴打が飛んで髪型がふっとぶ光景を目撃したこともある。それに、あの臭い、皮膚の上で汗に濡れたタルカムパウダー[18]か、すえた果物のようなあの独特の臭いなしに怪物たちの存在は考え

17 セリ科に属するアニスの種を強いアルコールに漬けて味つけしたもの。
18 入浴後の汗止めなどに用いる。ベビーパウダーのこと。

られず、どうせ慌てて顔を洗って濡れたぼろ切れで顔と腋を拭いたに違いない、その後、女たちは皆、重要な手順、ローションやマスカラに移り、おしろいで顔に白い殻をまとうが、その奥には黒い肌が透けて見える。髪も脱色し、浅黒い顔を覆う分厚い土の上に、硬いとうもろこしの穂のような髪を晒すばかりか、金髪女の表情まで研究して緑の服を着たがり、これで自分もすっかり変身したとでもいわんばかり、地肌で押し通そうとする女たちに慇懃な侮蔑の目を向ける。横目でマウロを見ながら、彼のイタリア人らしい顔、黒い色も田舎者の風貌も混ざっていないブエノスアイレス風の顔立ちを観察するうちに、私は突如セリーナのことを思い出し、実は彼女が怪物たちに近かったこと、マウロや私よりずっと怪物たちに似ていたことに気がついた。カシディスがセリーナを選んだのも実は、当時あのキャバレーを訪れていたわずかな客の大半が色黒の男たちであり、彼らをもてなすためだったのだ。セリーナがいた時代にカシディスの店へ行ったことはないが、ある晩、マウロに連れ出される前の彼女が働いていた場所を実際にこの目で見たくなって、行ってみたことがある。そこにいたのは白い顔の女、金髪であれ色黒であれ、とにかく顔を白く塗りたくった女ばかりだった。

「タンゴを踊りたくなってきました」マウロは不満そうに言った。酒も四杯目に入って少しずつ酔いが回ってきたらしい。私はセリーナのことを考えながら、ここそ、マウロが一度も連れて来なかったこの店こそ、実は彼女にうってつけの場所だったと感じていた。今度はアニータ・ロサノが舞台に現れ、客の大きな拍手を浴びている、かつて「ノベルティ」で彼女の歌声を聴いたことがある、今や齢のせいで痩せ細ってはいるが、まだ堂々たる声でタンゴを歌っている。それどころか、ならず者の歌を得意とする彼女にとっては、今の少しかすれただみ声のほうが、悪態だらけの歌詞に合っているかもしれない。セリーナも酒を飲むとあんな声になったが、ふと、実はこのサンタ・フェこそセリーナそのものではなかったかと思われ、ここにセリーナがいるような気がして、ほとんど耐え難いほどだった。

マウロについていったのは実は間違いだったのだ。マウロを愛していたし、カシディスの汚い店から、あのごみごみした雰囲気や砂糖水のグラスから、最初の膝の突き合わせや顔に吹きかけられる客たちの重い息から救い出してもらったことに恩義を感じて、彼との生活に耐えてはいたが、本当は、キャバレーの仕事さえなければ、セリーナはもっとあそこにいたかったのだろう。腰回りや口元を見れば一目瞭然、彼女はタンゴに身も心も捧げており、どこからどこまでもお祭り騒ぎをするために生まれてきたような女だった。だからマウロにも踊りへ連れて行ってくれとしばしばせがんだのであり、店に入って、熱気と息吹に満ちた空気に触れた途端、瞬く間に豹変する彼女の姿を何度も私は目撃した。もはや引き返す余地もないほどサンタ・フェにどっぷりと浸かったこの時になって私は、セリーナがどれほど偉大か思い知り、何年にもわたって料理と中庭の甘いマテ茶をマウロに捧げ続けたその勇気に称賛の念を覚えた。そのために彼女は、ミロンガの天国、アニス酒への愛着とアルゼンチンのワルツを諦めねばならなかったのだ。マウロとマウロの生活のために自分を犠牲にし、時々彼をせっついて踊りに出掛けるだけで我慢していたのだ。

すでにマウロはひときわ背の高い色黒娘、それも珍しいほど細身でなかなかいかした娘と体をくっつけて踊っていた。怪物のなかでは異彩を放つ娘であり、彼の本能的な、それでいて熟慮の末とも見える選択を前に、私は思わず笑みをもらした。そしてまたもや私の思いはセリーナへと向かい、実は彼女も、ひとたび店の外へ出て昼間の世界へ戻ればここにいるときほど目立ちはしないだけで、ある意味この店の怪物たちと同じなのだと痛感した。マウロも同じことを思っているのだろうかといぶかりなががら、腕を覆う毛のようにそこら中から彼女の記憶が甦ってくるこんな場所へ連れてこられたことで、気を悪くしていないかと少し不安になった。

今度は拍手は起こらず、タンゴが終わって突如ぼんやり間抜け面になった娘とともに、マウロはテーブルへ戻ってきた。

「友人を紹介するよ」

ブエノスアイレス流に「はじめまして」と挨拶した後、マウロと私は娘に一杯振舞った。マウロが夜に馴染む姿を見て私は嬉しく、エマという、細身の女には似つかわしくない名前の娘と言葉まで交わした。マウロはかなり熱くなっていたらしく、彼らしい短く的確な言葉で楽団を評した。エマは歌手の名前を挙げ始め、ビジャ・クレスポやエル・タラールの思い出話をしていた。やがてアニータ・ロサノが懐かしのタンゴを予告し、怪物たち、とりわけやみくもに彼女に追従する田舎者たちから拍手喝采が沸き起こった。バンドネオン[19]の蛇行とともに楽団が演奏を開始したが、まだマウロはすべてを忘れることができるほど癒されていたわけではなく、何かを思い出して

19　主にタンゴで用いられるアコーディオンに似た蛇腹楽器。

緊張で固まったように突如私を見つめた。私もラシンの一員になったような気分になり、あの日一晩中彼女が歌い続け、帰りのタクシーでも口ずさんでいたタンゴにマウロとセリーナが二人揃って縛りつけられたような感覚に囚われた。

「踊りましょうか？」音を立ててグレナディン[20]を飲み干しながらエマは言った。

マウロは彼女のほうを向くことすらしなかった。彼と私が心の奥で繋がったのはその瞬間だったと思う。今、この文章を書いている今、私の頭には、二十歳の時にスポルティーボ・バラカスで見た一瞬、プールに飛び込むと底のほうにもう一人泳者がおり、一緒に底まで到達して、鼻を刺す緑色の水越しにぼんやり見つめ合った場面しか思い浮かばない。マウロは椅子を後ろへやり、テーブルに肘をついた。私と同じようにフロアを見つめ、エマは二人の間で惨めな当惑に追いやられたが、フライドポテトを齧ってその場をやり過ごした。アニータはしわがれた声で歌っており、ほとんどその場を動くことなく踊るカップルたちは、欲望と不幸、そしてお祭り騒ぎの危険な快楽に満ちた歌詞に聞き入っていた。彼らの顔は舞台を追いかけ、クルクル回りながら、身を折るようにしてマイクに思いのたけをぶちまけるアニータの姿から目を離さなかった。歌詞を繰り返して口を動かす者もいれば、自分で自分の後ろから微笑みかけるような愚かしい笑顔を見せる者もいたが、アニータが「あんなに、あんなに私のものだったあなたを、今日はいくら探しても見つけられない」と締めくくって、一斉に楽器が大音響を吐き出すと、再び荒々しい踊りが始まり、両脇を駆け抜ける者があり、フロアの真ん中で8の字ステップを絡み合わせる者もあった。多くが汗だくで、上着の第二ボタンをひっかくようにして私の前に現れた色黒の娘がテーブルをかすめ、髪の根元から噴き出た水滴が項を伝って厚化粧の間にできた白い溝を下りていくのが見えた。隣の部屋では田舎風のダンスに興じる横で網焼きの肉を食べる者がいるらしく、そこから煙が流れ込み、肉と煙草が混ざり合ってできた低い雲のせいで、人々の顔や、正面の壁に掛けられた安物の絵がぼやけている。マウロが手の甲で顎を支えてじっと正面を見すえる横で、私は四杯の酒で内側からすべての手助けをしていたように思う。上で休みなく続くタンゴはもはや我々の意識には入らず、一度か二度マウロは、舞台上で指揮棒を振るような仕草をしていたアニータに目をやったが、やがて再び彼の視線はカップルたちに釘付けになった。どう言えばいいのか、彼の視線を追いながら同

20 ザクロ果汁のシロップで甘味づけしたカクテル。

時に彼の視線を導く、そんな感覚。目を合わせることはなかったが、二人の視線がぴったり一致し、同じカップル、同じ髪、同じズボンに注がれていることに我々は気づいていた(マウロは気づいていたと思う)。エマが何か言い訳めいたことを呟いたのが聞こえ、相変わらず互いに目を合わせることはなかったが、マウロと私の間でテーブルの空白がさらにはっきりしてくるのがわかった。フロアには大きな幸福の瞬間が降りてきたようで、それにあやかるようにして私は深く息をつき、マウロも同じことをしたように思う。濃い煙のせいで、フロアの真ん中から向こうでは顔がぼやけ、誰にも誘われない女のために置かれた椅子も、絡み合う体と霧の奥に隠れていた。「あんなに私のものだったあなた」、スピーカーがアニータの声におかしな響きを添え、踊りに興じる者たちは動きを止めたが(それでもずっと動いている)、右手にいたセリーナは、煙の幕から飛び出し、相手のリードに身を任せてひと回りしたかと思えば、一瞬だけ横顔を私に見せ、すぐに背中向きになって、今後は反対側の横顔を見せた後、顔を上げて音楽に聞き入った。私は声を出す、「セリーナ!」、だが、それは理解もできぬまま思い知るようなもので、セリーナはそこにはいない、そう、だが、あの場でこれをどう理解すればいいだろう。突如テーブルが揺れ、私にはそれがマウロの腕の震えだとわかる、いや、私の腕だろうか、ともかく、二人とも怖いわけではない、驚愕か歓喜か腹のよじれか、そんなものに近い。実のところ馬鹿げていて、何か別の物があるせいで出口へ向かうことも立ち直ることもできない、そんな感覚。セリーナは我々のほうを振り向きもせずずっとそこにいて、煙のせいで黄色く見える光に汚され、歪められた顔いっぱいにタンゴを飲み込んでいる。色黒女の誰でも、その時のセリーナよりもっとセリーナに似て見えたことだろう、彼女の姿は幸福で無残に歪み、セリーナがその時そのタンゴを聴くセリーナだったなら、私は彼女に耐えられなかったことだろう。それでもまだ私の頭は働き、彼女の荒れ果てた幸福、そしてようやく手にした楽園に恍惚として呆けたようなその顔をじっと観察することができた。仕事や客の相手さえなければ、カシディスの店でセリーナはこんな姿をしていたのかもしれない。自分だけの天国を手にして、もはや何物にも縛られず、全身で幸福へ向かっていく彼女は、またもやマウロの手の届かない秩序へ舞い戻ろうとしていた。苦労して手にした天国、セリーナと仲間たちだけのために奏でられるタンゴ、割れたガラスのような拍手がアニータの歌声を締めくくり、背中向きのセリーナ、横顔を見せたセリーナ、彼女と煙に向き合う多くのカップル。

マウロを見る気にはなれず、やっと落ち着きを取り戻していた私は、いつもの忌まわしい鉄面皮に戻って、慌てて体裁を取り繕う。すべてはマウロがどう受け止めるか次第、だから私はそのまま態度を変えず、少しずつ人が引き始めたフロアを見つめていた。

「見ましたか？」マウロが言った。

「ああ」

「そっくりでしたね」

憐(あわれ)みより安堵を感じて私は黙っていた。こちら側、哀れなマウロはこちら側にいて、二人一緒に目撃した光景をもはや信じられなくなっていた。彼が立ち上がって酔っ払いの足取りでフロアへ向かい、セリーナそっくりの女を探す姿を私は見ていた。すでに私は冷静な心を取り戻し、ゆっくり煙草をふかしながら、マウロがうろうろ歩き回る姿を眺めていたが、私にはわかっていた、そんなことをしても時間の無駄、煙と人混みに挟まれた天国の扉を見つけることもできず、やがて苦悩と渇きに打ちのめされて戻って来ることだろう。

動物寓話集

ライスプリンの最後の一口——シナモンが少ない、残念——と就寝前のキスの間に電話室の鐘を鳴らし、イネスが仕事の手を止めてやってきて母の耳元に何か囁くまで、イサベルは手持無沙汰にしていた。女同士顔を見合わせた後、二人はイサベルのほうを見たが、その時彼女は、壊れた鳥籠や割り算のこと、そして学校帰りに呼び鈴を鳴らしてミシア・ルセラに怒られたことも少し考えていた。不安というわけではなかったが、母とイネスは、彼女など口実にすぎないとでもいうように、もっとずっと向こうを見つめているような雰囲気だった。それでも二人はイサベルを見ていた。

「私としては、行ってほしくないのよ」イネスは言った。「トラのことなら、しっかり見張っているから大丈夫でしょうけど、あんな寂しい家で、遊び相手もあの男の子だけじゃ…」

「私も本当は嫌だわ」母の言葉を聞いてイサベルは、自分が夏休みをフネス家で過ごすことになるのだと、滑り台の上に立ったときのようにはっきり直感した。この知らせ、巨大な緑色の波に頭から飛び込み、フネス家、フネス家、そう、あそこへ行くことになるのだ。大人二人は反対だが、やむを得ない。気管支が弱いし、マル・デル・プラタ[1]は高すぎる、甘やかされた愚かな娘の相手は面倒、セニョリータ・タニアはよくしてくれるのに、それほど行儀がいいわけでもない、寝つきが悪いし、玩具は散らかしっぱなし、質問好きで、ボタンをよく失くし、いつも膝を汚している。イサベルは不安と美味を同時に感じ、柳の匂いとフネスのuの字がライスプリンの味に混ざって、もう遅いから寝なさい、今すぐベッドに入りなさい。

明かりが消え、イネスと母からキスと寂しい眼差しを受けてイサベルは横になったが、大人二人はしぶしぶながらもすでに娘を送り出す覚悟を決めていた。ブレーク[2]で到着、最初の朝食、ゴキブリを捕まえて喜ぶニノ、ニノとカエル、ニノと魚（三年前

1　ブエノスアイレスから四〇〇キロ南にある海岸保養地。アルゼンチン最大の漁港。
2　馬車の一種。

の思い出、ニノは糊でアルバムに貼りつけた様々な形象を指差しながら、「これはカエル、これはサ・カ・ナ」ともったいぶった調子で言っていた）がイサベルの頭に浮かぶ。今、ニノは庭で虫取り網を手に持ち、レマの柔らかい手、暗闇から生じる手が見え、目を開けていると、ニノの顔の代わりに、フネス家の末娘レマの両手がさっと現れる。「レマおばさんは私のことが大好き」、そしてニノの目が潤んで大きくなり、またニノが満足げに彼女を見つめながら、寝室のあやふやな空気を漂うようにして去っていくのが見える。ニノ、魚。一週間がその夜のうちに過ぎてくれればいいのにと思いながら彼女は眠り、別れ、汽車で移動、ブレークで一レグア、門、入り口まで続くユーカリの並木道。眠りに落ちる前に、このすべてが夢ではないかと考えて、一瞬恐怖に囚われた。いきなり体を伸ばすと、両足が銅の格子に当たり、ベッドカバーを通して痛みが伝わってきた。大食堂から母とイネスの話し声が聞こえ、荷物、発疹について医者に相談、鱈油[3]、アメリカマンサク[4]、夢ではない、夢ではない。

夢ではなかった。風の強い朝、広場では屋台が小旗をはためかせ、コンスティトゥシオン駅へ連れて行かれた彼女は、「トレン・ミクスト」でケーキ、大きなゲートから入って一四番ホーム。イネスと母に何度もキスされて顔はもみくちゃ、コティのレイチェル粉とルージュが口の周りで湿って臭く、風に当たってやっと一気に不快感がとれた。もう小さな子供ではないし、財布には二〇ペソも入っているのだから、一人旅にも不安はなく、サンシネナ冷凍精肉会社が甘い臭いとともに窓から飛び込んできたのも束の間、黄色い小川が目に映り、さっき無理して泣いたイサベルは、気分を取りなおして満足感に浸っていたかと思えば、今度は不安に囚われ、座席に着いて窓の外を眺めることに専念したが、車内にいるのはほとんど彼女一人だけ、どの座席へ移ってもかまわないだろうし、反射した自分の顔を見ていてもかまわない。一度か二度、母とイネスのことを考え――もう九七番に乗ってコンスティトゥシオン駅を出ているだろう――、禁煙、唾吐き厳禁、座席数四二などの表示を読み、全速力でバンフィールドを通過、ヴウウウン！ 空き地また空き地また空き地にミルキーバーとミント飴の味が混ざる。緑の毛糸で編み物をするようイネスに勧められていたから、荷

3 鱈の油から作る肝油。
4 マンサク科マンサク属の落葉小高木。ハマメリス。傷や肌の炎症の緩和に用いられる。
5 コティは化粧品メーカー。レイチェル粉は商品名。

物の一番奥に入れてきてはいるが、いつもながらあの哀れなイネスの思いつきはバカバカしい。

駅に着くと不安に囚われ、ひょっとしてブレークが…　だが、すでに陽気で礼儀正しいドン・ニカノールが待っており、お嬢ちゃん、こっち、お嬢ちゃん、あっち、道中どうだった、ドニャ・エリサは相変わらずおきれいかい、ああ、確かに降ったよ、ああ、ブレークの歩み、揺れとともに、前回ロス・オルネーロスへ来たときの水瓶が丸ごと溢れ出す。わずか三年前のことだが、すべてが小さく、ガラスとバラ、まだトラはおらず、ドン・ニカノールの白髪、ニノとカエル、ニノと魚、レマの手に触れられると、泣きたい、ずっとこのまま死とバニラクリーム——人生でこの二つに勝るものはない——にも似た感触に頭を任せていたい、そんな気分になる。

素晴らしいことに、上階の部屋が一つまるごと彼女に与えられた。大人用の部屋で(ニノの思いつき、顔中黒い巻き毛と目玉という感じで、青いオーバーオールが良く似合うが、午後にはルイスが着替えを命じ、濃いグレーの上着に赤いネクタイを着けた)、中にもう一つ小部屋があり、そこに大きな野生のゼラニウムが飾られている。

二つ先のドアがバスルームで（屋内なので、予めトラがどこにいるか確認しておく必要はない）、金属棒や部品がいろいろついていたが、そのくらいでイサベルは騙されたりしないし、それどころか、都会のバスルームほど完璧ではなく、むしろ田舎臭い代物であることにまで気づいていた。古びた臭いが立ち込め、二日目の朝には洗面台を這い回る虫を見つけた。ちょっと触っただけで虫は怯えて体を丸め、抵抗もなく排水溝へ落ちていった。

大好きなお母さんやっとペンを手にして――彼らは他の場所より涼しいガラス張りの食堂で食事中だった。ネネは絶えず暑いと愚痴をこぼし、ルイスは黙っていたが、額と髭から少しずつ汗が溢れ出していた。レマだけは落ち着いた様子でゆっくり料理を出し、誕生日の食事会でもないのに、いつも少々重々しく感情を込めて取り仕切っていた。（イサベルはこっそり彼女の肉の切り分け方や家政婦への指示の出し方を覚えていった。）ルイスはほとんどいつも読書中で、両こめかみに拳をあてて、サイフォン瓶に立てかけた本と向き合っていた。ルイスが哲学を専攻したことがイサベルには残念だったが、それは哲学自体が問題だったのではなく、いつもネネがそれをネ夕に愚弄の言葉を繰り出すからだった。

席順は、まず上座にルイス、片側にレマとニノ、反対側にネネとイサベルが座ったので、端に大人一人、両側にそれぞれ大人一人子供一人となった。ニノが何か本気でイサベルに言いたくなると、膝に靴をぶつけてきたので、一度などイサベルは叫び声を上げ、行儀が悪いと言ってネネに叱られた。するとレマはじっと彼女を見つめ、その眼差しとコンソメスープでイサベルが気を取り直すまでそのまま待っていた。

お母さん、他の時もそうだけど、食事に行く前には必ず注意して——ガラス張りの食堂へ行ってもいいか確認するのはほとんどいつもレマだった。二日目には、大部屋までやってきて、もう少し待つよう皆に伝えた。随分時間が経ったところで農夫が現れ、トラがクローバーの庭にいることを告げたので、レマが子供たちの手を取り、みんなで食堂へ入った。その日のジャガイモはパサパサだったが、文句を言ったのはネネとニノだけだった。

お母さんにはやめるよう言われたけれど——レマは自然な優しさを込めてあらゆる質問を制しているようだった。誰が迷惑しているわけでもないし、部屋のことは何も心配はない。かなり大きな家だから、最悪の場合でも一つの部屋に入れなくなるだけのことだ。部屋が一つ使えなくなったところで、どうということはない。イサベルも、二日目にはニノと同じように慣れてしまった。朝から晩まで柳の森で遊んでいることもあったが、柳の森がだめとなれば、クローバーの庭があり、ハンモックの庭も小川のほとりもあった。屋内となるとそうはいかず、それぞれの寝室があり、真ん中の廊下、下の読書室(一度だけ、木曜日に読書室へ入れなかったことがあった)、そしてガラス張りの食堂がある。ルイスが一日中本を読んでいるから、彼の書斎へは近寄らなかったが、たまに彼は息子に声をかけ、挿絵入りの本を貸してやることがあった。ニノはそれを持ち出し、リビングか正面の庭でイサベルと一緒にページをめくった。ネネは癇癪持ちだったので、彼の書斎へだけは二人とも決して足を踏み入れなかった。レマは、そのほうがいいと言って、たしなめるような調子で二人を諭した。もう黙ってお利口に本を読んでいられる歳なのだから。

とはいえ、やはり物悲しい生活だった。ある晩イサベルは、どうして自分が夏休みにフネス家の招待を受けるのか考えてみた。それは彼女のためというよりニノのためであり、夏を陽気に過ごすための遊び相手が必要だったからなのだが、まだ幼いイサベルにはそれがわからなかった。ただ、家が物悲しいこと、レマが疲れたような顔をしていること、そして、ほとんど雨など降らないのに、家の中の物が湿って打ち捨てられたようになっていることにはイサベルも気づいていた。数日もすれば彼女はこの家の秩序に慣れ、ロス・オルネーロスで過ごす夏の日々を苦痛に感じることもなかった。ニノがルイスにもらった顕微鏡の使い方を覚え始めると、二人は淀んだ水とカラーの葉を入れた桶に虫を湧かせ、水滴を垂らしたガラス板で細菌を観察しながら、楽しく一週間を過ごすことになった。「ボウフラだよ、その顕微鏡じゃ細菌なんか見えないよ」少し焼けたような遠い微笑みからルイスは言った。二人には、もぞもぞと動き回るその恐ろしい物体が細菌でないとは信じられなかった。レマは、クローゼットにしまってあった万華鏡を与えたが、二人には、細菌を見つけてその脚を数えるほうが楽しかった。イサベルは実験メモをノートに書きとめ、生物学と化学を組み合わせたほか、救急箱の準備にも取り掛かった。家中を物色して役に立つ物を探し回った後、ニノの部屋で救急箱にしまった。イサベルはルイスに言った。「なんでもいいから欲しいの」するとルイスは、アンドレウの錠剤や脱脂綿、試験管を与えた。ネネは、ゴム袋と、擦り切れたラベル付きの瓶に入った緑色の錠剤を提供した。レマは救急箱を見て、ノートに記された目録に目を通すと、「役に立つことを学んでいるのね」と二人に声をかけた。植物標本を作ろうと言い出したのは、彼女かニノ（彼はいつも興奮し、レマの前でいいところを見せようとする）のどちらかだった。その日の朝はクローバーの庭へ出ることができたので、二人は見本を採集し、夜には、寝室の床一面に葉っぱや花を乗せた紙が敷き詰められて、足の踏み場もなくなった。寝る前にイサベルはメモをとった。「葉七四番、緑色、ハート形、栗色の斑点あり」彼女にとって少々がっかりだったのは、ほとんどすべての葉っぱが、緑色で表面がつるつる、そして披針形[6]をしていたことだった。

二人がアリを捕まえに出掛けた日には、農園で働く農夫の姿を目にすることになった。ニュースを家まで伝えに来る親方と執事とはすでに顔見知りだったが、他のもっと若い者たちは、建ち並ぶ小屋の脇で昼寝の気配を漂わせ、時々あくびをしながら、子供たちが遊ぶ様子を眺めていた。やがて一人がニノに声をかけ、「そんだけ虫集めてどうすんだ？」と言って、巻き毛に指を二本ねじ込むようにして頭を小突いた。少

6　植物の葉などの形。平たくて細長く、先がとがり、基部のほうがやや広い形。

しは怒って自分がご主人様の息子であることを示してやればいいのに、そうイサベルは思った。すでに瓶はアリでいっぱいになっており、小川のほとりで大きなコガネムシを捕まえると、試しに中へ放り込んでみた。百科事典『青春の宝物』を見ているうちに、二人はアリの飼育箱を作ろうと思い立ち、ルイスにガラス製の長い底深の箱を借りた。二人で箱を持って出ていこうとすると、レマがイサベルに声をかけた。「そうやって家で大人しくしているほうがいいわ」その口から溜め息が漏れたような気もした。寝る前、暗闇に顔が浮かぶ時間、ふとまたイサベルの頭をよぎったのは、ネネが細い体で歌を口ずさみながらポーチへ出て、そこへレマがコーヒーを届ける場面、カップを受け取ったつもりが、うっかり者のネネは間違えて彼女の指までいっしょに摑み、イサベルは食堂から見ていたが、レマは慌てて手を引っ込め、落ちそうになったカップをあやういところでネネがとって、困惑を笑みでごまかしていた。赤いアリより黒いアリがいい、もっと大きくて獰猛なほうがいい。その後たくさん赤いアリを入れて、ガラス越しに高みの見物で喧嘩の様子を眺める。ただ、喧嘩にならないこともある。ガラス箱の角と角に二つ巣を作ってしまう。そんな時は、異なる二つの習性を観察し、アリの種類ごとに準備した特製ノートに記録をつけて楽しむ。だが、たいていは喧嘩になり、ガラス越しに兵営なき戦争を見つめながら一冊だけのノートにメモをとる。

レマはこっそり二人を観察するのが嫌いで、時々子供たちの寝室の前を通っては、窓脇に置かれたアリの飼育箱に熱中する二人のもったいつけた様子を見つめた。ニノは新しい通路ができるとすぐに目ざとくこれを見つけ、見開き二ページを使ってインクで書いた図面にイサベルが新たな線を加えた。ルイスの忠告に従って黒アリだけを入れるようにすると、巣は大きく広がり、怒ったように夜まで働くアリたちは、様々な指令と計画に則(のっと)って土を掘り返しながら進み、触覚や脚を念入りにこすりあわせていたかと思えば、急に興奮や激情に囚われる瞬間もあり、また、一見何の理由もなく集合離散を繰り返すこともあった。もはやメモすることもなくなって、イサベルは次第にノートを放り出し、やがて二人とも、熱心に何かを観察することがあっても、すぐにそれを忘れてしまうようになった。ニノはまた庭へ戻りたがり、ハンモックや小人の話を持ち出すこともあった。イサベルはそんな彼を少し軽蔑した。アリの飼育箱のほうが、ロス・オルネーロス全体よりずっと価値があるし、このアリたちがトラを怖がることもなく動き回っているのかと思うと、それが彼女には大きな魅力となり、時には、消しゴムぐらいの小さなトラが飼育箱の巣をうろつき回る場面を思い浮かべてみることもあった。レマの許しが出るまで下の食堂へ行くことは禁じられており、このところ少々幽閉されたような気分になっていたせいもあって、外の大きな世界をガラスの内側に移し替えてみるのがイサベルには心地よかった。

ガラスの一面に鼻先を近づけるとアリたちが自分に注目するのが楽しく、彼女は気持ちを集中させる。ドアの前で立ち止まったレマが黙ったまま見つめているのがわかった。相手がレマだと、音だけでその様子が手に取るようにわかる。

「どうして一人でいるの？」

「ニノはハンモックへ行ったの。これが女王アリじゃないかしら、ものすごく大きいわ」

レマのエプロンがガラスに反射した。軽く持ち上げられた手がガラスに反射して箱の内側に入ったように見え、俄かに、以前ネネにコーヒーカップを渡した同じ手が今度はアリたちにたかられているように思われて、カップと入れ替わるアリ、指を押さえつけるネネの手が相次いでイサベルの脳裏をかすめた。

「手をどけて、レマ」彼女は言った。

「手？」

「それでいいわ。反射してアリがびっくりするのよ」

「ああ。もう食堂へ下りていいわよ」

「後で行くわ。ネネに怒られたの、レマ？」

窓をかすめる鳥のようにガラスの表面を手が横切った。イサベルには、アリたちが本当に驚いて反射から逃げているように思われた。すぐに何も見えなくなり、すでに立ち去っていたレマは、逃げるように廊下を進んでいた。イサベルは自分の質問に不安を抱いたが、意味も音もないその恐怖は、もしかすると質問のせいではなく、立ち去っていくレマの様子、再び透明になったガラス、その向こうにある土のなかで痙攣した指のようにねじれて繋がり合うアリの巣のせいかもしれなかった。

　ある日の午後、シエスタがあり、スイカがあり、小川のほとりの壁に向かってペロタ・ゲーム[7]が始まると、返せそうにないボールをニノが見事に拾い、屋根の瓦に挟まったボールを取るために藤棚へ上った。柳の脇から農夫が一人現れてゲームに加わったが、これがドジな男で、まったくボールを拾えなかった。コショウボクの匂いを感じていたイサベルは、ニノが意地悪して低く返してきたボールをバックハンドで打ち返し、自分の内側から夏の幸福が湧きあがってくるのを感じた。ようやく、なぜ自分がロス・オルネーロスでニノと休暇を過ごしているのかわかってきた。上階に置いたアリの飼育箱について考えると、それが死を滲み出させる何かのように、出口を探す恐ろしい脚のように、悪と毒に染まった空気のように思われてきた。怒りと歓喜を込めてボールを打ちつけ、歯でコショウボクの茎を噛み切り、吐き気を覚えて吐き出したが、田舎の太陽を浴びて、ようやく幸せな気分になれた。

ガラスが雹のように降ってきた。ネネの書斎だった。シャツ姿で黒縁の大きな眼鏡をかけたネネが姿を見せた。

「クソガキどもめ！」

農夫は逃げ出した。ニノがイサベルの横に立ち、風を受けた柳のように震えている様子が彼女に伝わってきた。

「わざとじゃないよ、おじさん」

「そうだよ、ネネ、わざとじゃないのよ」

すでにネネの姿はなかった。

すでにレマにはアリの飼育箱を片づけるよう頼んであり、レマもそう約束していた。だがその後、服を掛けたり、パジャマに着替えたりするのを手伝いながら無駄話をしているうちに、二人とも忘れてしまった。レマが明かりを消し、まだ痛ましくべそをかいているニノにもおやすみを言うため廊下へ出ると、近くにアリがいることが感じられたが、子供扱いされるのも嫌だし、今さら声をかける気にはならなかった。すぐに寝ようと思ったが、どうしても眠れなかった。闇に顔が浮かぶ時間になると、母とイネスが共犯者の笑みを浮かべて見つめ合い、黄色い蛍光色の手袋をはめる姿が見えた。ニノが泣き、手袋が今度はすみれ色の帽子になって母とイネスの頭上でクルクル

7　素手やグローブ、ラケットを使ってボールを壁に打ち合うコート・スポーツ。正面の壁にボールを打ち、跳ね返ってくるボールを相手がワンバウンド以内で打ち、これを交互に続ける。
8　ウルシ科の常緑樹。実の匂いや形が胡椒と似、ピンク色の実は香辛料の「ピンクペッパー」として販売される。

回り、ニノの大きな目が空っぽになっている――たぶん泣きすぎたせいだろう――、そんな場面が見え、レマとルイスも見えてきそうな気がして、二人の姿を見たい、ネネだけは見たくない、と思ったが、目に映ったのは眼鏡を外したネネで、ニノをぶち始めたときと同じ引きつった顔を見せ、壁際に追い詰められたニノは、早く終わってくれと願いながら相手を見つめ、ネネは再びニノの顔を軽々としなやかに張り飛ばして湿ったような音を立て、ようやく前に立ったレマを見て、彼は相手の顔に自分の顔をくっつけるようにして高笑いを上げ、するとルイスが戻ってくるのがわかり、遠くから、もう中の食堂へ入っても大丈夫だという声が聞こえた。ニノがそこにいたせいで、すべて、すべてが早く、レマは子供たちに、ルイスがどの部屋にトラがいるか確認するまでリビングから出ないよう言いつけ、二人がダイヤモンドゲームを始める様子を見守った。ニノが勝ってレマに褒められ、あまりの喜びに彼女の腰へ手を回してキスしようとした。レマは笑いながら体を傾けて目や鼻にキスを受け、二人声を上げて笑い、イサベルも笑い、こうして遊んでいると幸せな気分だった。誰もネネが近づいていることに気づかず、彼は横からいきなりニノの体を強く引っ張って、部屋のガラスをボールで割ったことをなじった末にビンタを浴びせ始め、ぶちながらレマのほうを見て、レマに怒りをぶつけているようだったが、レマは一瞬だけ目でネネを挑発し、怯えたイサベルは、堂々と相手の正面に立ってニノを守ろうとするレマの姿を見た。夕食はずっと嘘と偽りで、ルイスはニノが殴られて泣いているのだと思い込み、ネネは黙っていろとでもいわんばかりの目でレマを睨み、今度は、彼の硬く美しい口、猛烈に赤い唇がイサベルの目に止まった。薄闇のなかで唇はいっそう赤く見え、かすかにはみ出した歯が光っていた。歯の間からぱさついた雲、緑色の三角形が滑り出し、イサベルが目をしばたいてこの映像を消そうとすると、黄色い手袋をはめたイネスと母が再び現れた。一瞬だけ二人を見つめ、アリの飼育箱のことを考えた。そこにあっても目には入らず、黄色い手袋はなくなって、かわりに今度は、燦々と輝く太陽を浴びた手袋が見えた。おかしなことに、アリの飼育箱をどけることができず、錘のように、濃密な生命空間の断片のようにその存在が感じられた。その感覚があまりに強烈で、彼女はマッチと夜用の蠟燭を探した。揺らいだ薄闇に包まれて無からアリの飼育箱が飛び出してきた。イサベルは蠟燭を手に持ったまま近づいた。かわいそうなアリたち、日の出と勘違いすることだろう。片側を見つめると怖くなった。真っ暗闇のなかでもアリたちは働いていたのだ。目に見えそうな、手で触れられそうな沈黙のなかで、うようよとアリたちが動き回っているのがわかった。まるでまだ外へ出る希望を失ってはいないかのように、ずっと中で働いていたのだ。

トラの動きを知らせてくれるのは、ほとんどいつも親方だった。ルイスは彼のことを信頼しており、いつも書斎で仕事をしていたせいもあって、ドン・ロベルトの報告が入るまで、自分が部屋を出ることもなければ、上階の者たちが勝手に動くことも許さなかった。だが、彼ら同士の信頼も重要だった。レマは、屋内の家事で忙しくしているときでも、常に一階と二階の様子に目を光らせていた。また、子供たちがネネやルイスに知らせを伝えることもあった。彼らが直接確認するわけではないが、ドン・ロベルトが外にいる二人を見つけると、トラの居所を伝え、彼らがそれを報告する。ニノは全面的に信頼されているが、新米で間違いもありうるイサベルはまだ十分に信頼されていない。それでも、少し時が経つと、ペチコートにすがるニノといつも一緒に行動しているせいで、同じくらい信頼されるようになった。ただ、それは日中の話で、夜はネネが外へ出て、犬が繋がれているか、家の近くに不審物はないか確認した。そんな時の彼は拳銃や銀の柄付きステッキを携帯していることにイサベルは気がついた。

レマはすべてを当然のこと、必要なことと受け止めているようで、質問をぶつけてみる気にはなれなかった。そんなことをすればお馬鹿さん扱いされるだろうし、別の女性の前では自分の体面に気をつけねばならない。ニノは簡単で、すぐに何でも喋った。彼にとってはすべてが明瞭簡潔で、何でも説明可能だった。夜だけは、その明瞭簡潔を自分に向かって繰り返そうとしても、重要な説明が相変わらず欠けていることを思い知るだけだった。すぐにイサベルは、本当に重要なことが何なのか学んだ。つまり、家の外へ出られるか、ガラス張りの食堂やルイスの書斎や読書室へ下りられるか、予め確認すること。「ドン・ロベルトの言うことを信用しなさい」レマは言っていた。レマの言うことも、そしてニノの言うことも。ほとんど何も知らないルイスには訊いても意味がない。そうするとすべてが簡単になり、トラの動きに応じてすべきことがいくつかあり、服について、食事について、就寝時間について、他にもいくつかすべきことがある。本当の夏休み、これが一年ずっと続けばいいのに。

……はやく会いたいわ。みんな元気。ニノといっしょにアリのしいくばこを作ってあそんだり、とっても大きなしょくぶつひょうほんを作ったりしているの。レマも元気で、キスをおくるって。なんだかさびしそうで、ルイスも、いい人だけど、やっぱりさびしそう。ルイスにはなにかあって、それであんなにべんきょうばかりしているのだと思う。レマにきれいな色のハンカチをもらったので、イネスにあげるつもり。お母さん、ここはすてき、ニノとドン・ロベルトといると楽しい、ドン・ロベルトはおやかたで、いつどこなら行っていいのかおしえてくれるの。ある日のごご、まちがえかけて、二人で小川へ行ったら、あわてて別ののうふさんがとんできた、ドン・ロベルトはすごくはんせいして、後でレマもはんせいして、ニノをだきあげてキスしていたし、わたしもしっかりだきしめてくれた。ルイスは、この家はこどもむきじゃないと言って、ニノがこどもってだれときくものだから、みんなわらって、つられてネネもわらっていた。ドン・ロベルトはおやかたなの。むかえにきてくれるのなら、二、三日泊まっていって、いっしょにいれば、きっとレマもよろこんでくれるから。わたしは…

だが、レマが夜泣いているとか、覚束（おぼつか）ない足取りで廊下を歩きながら泣いているのを聞いたとか、ニノの部屋の前で立ち止まった後、そのまま階段を下りていく足音が聞こえる（涙を拭っているのだろう）とか、遠くから「どうした、レマ？　具合が悪いのか？」と訊ねるルイスの声が聞こえたとか、家中が大きな耳にでもなったように静まりかえった後、囁きが漏れ、再びルイスの声が聞こえて、まるで事実を冷静に確かめ、親戚関係、おそらくは運命でも受け入れるように「仕方のない奴だな、本当に…」という言葉が聞こえるとか、そんな話を母にしたりすれば…

…レマは少しぐあいがわるいのだと思う、おかあさんがきて、しばらくいっしょにいてあげれば、よくなるんじゃないかしら。ひょうほんや、のうふさんたちがひろってきてくれた小川の石を見せてあげたいわ。イネスには…

虫と湿気、温め直したパンに、コリント種の干しブドウを入れたセモリナプリン、彼女の好きなものがすべて揃った夜のことだった。小川のほとりでひっきりなしに犬が吠え、大きなカマキリが一飛びにランチョンマットへ降り立ち、ニノがルーペを探しに行く間に、大きなコップに虫を閉じ込め、羽の色がよく見えるよう嚇かしてみた。「そんな虫けらは捨ててちょうだい」レマが言った。「気持ち悪い」

「いい見本だよ」ルイスは言った。「ほら、目で僕の手を追ってる。頭の回る昆虫はこれだけだ」

「ひどい夜だな」新聞の後ろからネネが言った。

イサベルは、カマキリの首を切ってはさみで八つ裂きにしたらどうなるか見てみたいと思った。

「そのまま閉じ込めておいてよ」ニノが言った。「明日、アリの飼育箱に入れて、どうなるか観察しよう」

熱気が立ち昇り、十時半には息もできない状態になった。子供たちは屋内の食堂にレマと一緒に残り、男たちは書斎へ引き上げていた。最初にニノがもう眠いと言った。

「一人で上がってなさい、後で行くから。上は何も問題ないし」そしてレマは彼の腰を抱いたが、これがニノは大好きだった。

「何かお話してよ、レマおばさん」

「また今度」

残った二人をカマキリが見つめていた。ルイスがおやすみを言いに入ってきて、もう子供は寝る時間だとか呟いたが、レマは微笑んでキスを返しただけだった。

「文句の多い熊さんね」という言葉を聞いて、カマキリを閉じ込めたコップの上に身を屈めていたイサベルは、レマがネネにキスしているところを見たこともなければ、これほど濃い緑のカマキリも見たことがない、と思った。コップを少し動かすと、カマキリは怒りを露（あらわ）にした。レマは近寄って、もう寝るよう言った。

「その虫は捨てなさい、気持ち悪い」

「明日ね、レマ」

後でおやすみを言いに上まで来てくれるよう頼んだ。ネネが書斎のドアを半開きにしたままシャツの前をはだけた姿で歩き回っていた。イサベルが通りかかると口笛を吹いた。

「もう寝るわ、ネネ」

「なあ、冷たいレモネードを作ってここへ持ってくるようレマに言ってくれないか。それだけ伝えたら寝室へ上がって寝ていいから」

もちろんそのつもりだが、なんでそんな言いつけをされなければならないのかわからなかった。用件を伝えに食堂へ戻ると、レマはためらっているようだった。

「ちょっと待って。今レモネードを作るから、あなたが持っていって」

「でもネネは…」

「お願い」

イサベルはテーブルの脇に座った。お願い。カーバイドランプの下で虫の大群が旋回しているのが目に止まり、「お願い、お願い」と繰り返しながら、何時間でも宙を眺めていられるような気がしてきた。レマ、レマ。大好きなレマ、その底無しの悲しみに満ちた声、何の理由もなく悲しみだけを表す声。お願い。レマ、レマ… 熱気が顔を襲い、レマの足元に身を投げ出したい、レマの腕に抱かれたままどこかへ行ってしまいたい、そんな希望、レマを見ながら死にたい、レマに憐れんでほしい、髪や瞼にそのしなやかな涼しい指を感じたい、そんな気持ち…

輪切りのレモンと氷でいっぱいの水差しを手渡された。

「持っていって」

「レマ…」

震えているようで、相手に目を見られまいとしてテーブルに背を向けたようにも見えた。

「もうカマキリは捨てたわ、レマ」

べたつく暑さと蚊の羽音に邪魔されてよく眠れない。起き上がって廊下へ出るか、洗面所で手首と顔を濡らすかしようと思ったことが二度あった。だが、下の階に人の気配が感じられ、誰かが食堂の端から端へ、階段の麓へと歩いてはまた戻っているようだった。ルイスの間延びしたあやふやな足音ではないし、レマの歩き方でもない。ネネはどれほど暑がっているのだろう、どれほどレモネードをがぶ飲みしたことだろう。イサベルの頭には、電球の明かりのもと、黄色い輪切りを浮かべた緑色の水差しを両手で支えながら直接口をつけて飲む彼の姿が浮かんだ。だが、同時に、ネネはレモネードに手をつけておらず、彼女がテーブルまで運んでやった水差しを、果てしない邪気でも見るような目つきでまだ眺めているにちがいない、そんな気もした。ネネの微笑や、食堂の様子でも窺うようにドアへ顔を出す姿、ゆっくり戻る姿など、想像したくもなかった。

「なんであいつが持ってこないんだ。お前は上で寝ていろと言っただろう」

だが、愚かな答えしか思いつかなかった。

「よく冷えてるわ、ネネ」

そしてカマキリのような水差し。

ニノが最初に起き出して、小川へカタツムリを獲りに行こうと言った。イサベルはほとんどまったく眠れず、花を飾った部屋、鈴、病院の廊下、慈善事業の修道女、ケースに収まった水銀体温計、初聖体拝受、壊れた自転車、「トレン・ミクスト」、八歳の時に着たジプシーの仮装などを思い出していた。そんな映像が交錯するなか、アルバムのページに挟まった薄い空気のように目を覚ましたまま、自分は花でも鈴でも病院の廊下でもないことを考えていた。しぶしぶ起き出してしっかりと耳を洗う。ニノが言うには、もう十時で、トラはピアノ室にいるから、今すぐ小川へ行っていいという。二人は一緒に階段を下り、それぞれの書斎でドアを開けっ放しにしたまま読書に耽るルイスとネネへの挨拶もそこそこに、小川へ繰り出した。カタツムリは小麦畑の脇の水辺にいた。ニノはぼんやりしたイサベルをなじり、やる気がないとか、せっかくの標本作りに協力してくれないとか文句を言った。そんなニノが彼女の目には突如子供じみて見え始め、葉の間でカタツムリを獲る姿が幼稚に思われてきた。

彼女が先に戻ると、家では昼食を知らせる旗が掲げられていた。ドン・ロベルトが偵察から戻ってきたので、いつもどおりイサベルが様子を訊いた。すでにニノもカタツムリと熊手の入った箱を担いで近づいており、イサベルに助けられてポーチに熊手を置くと、一緒に中へ入っていった。レマはそこで白い顔をして黙っていた。ニノは彼女の手に青いカタツムリを置いた。

「あげるよ、一番きれいだから」

ネネは新聞を脇に置いてすでに食事を始めており、イサベルには肘を乗せるスペースすらほとんど残されてはいなかった。いつも昼ごろには上機嫌のルイスが最後に書斎から食堂へ入ってきた。食事中、ニノはカタツムリのこと、葦に産みつけられたカタツムリの卵のこと、大きさと色ごとに分けた標本のことを話していた。イサベルに任せるのはかわいそうだから、自分で殺してトタン板に並べて干すつもりだ。コーヒーが出されると、ルイスはいつもの質問を顔に浮かべて一同を見渡し、そこでイサベルは、すでにドン・ロベルトから話を聞いていたにもかかわらず、立ち上がって彼を探しに行った。ポーチを一回りして、また中へ入っていくと、レマとニノは顔を寄せ合ってカタツムリを見つめており、まるで家族写真のような光景だったが、ルイスだけは彼女のほうに視線を向けたので、「ネネの書斎にいるわ」と言って、うんざりした表情で両肩を持ち上げるネネの様子を見つめた。レマは指先でカタツムリに触っていたが、そのあまりの繊細さに、指にまでカタツムリが乗り移ったように見えた。レマが砂糖を取りに立ち上がると、後ろから声をかけながらイサベルが続き、台所脇から出てきたときには、中で交わした冗談を二人で笑っていた。葉巻を忘れたルイスは、ニノに書斎から取ってきてくれと頼んだが、そこでイサベルが、自分のほうが先に見つけられると言い張り、二人揃って出ていった。ニノが勝負に勝ち、二人が押し合うようにして駆け戻ってきたところで、ネネとぶつかりそうになったが、そのまま彼は、自分の書斎を使えない不便に文句を言いながら、新聞を手に読書室へ向かった。イサベルはカタツムリを見ようと近寄り、ルイスはいつものように葉巻に火が点くのを待ちながらその様子を眺めていると、頭を出してゆっくり動き始めたカタツムリの観察に没頭していた彼女が、突如レマのほうを見て、その途端に体から突風らしきものが吹き出したようだったが、食い入るようにカタツムリを見つめるあまり、ネネの最初の叫び声にも彼女はまったく動じず、誰もが駆け出しているのに、彼女だけは、ネネの押し殺した二度目の叫びがまったく聞こえないかのようにじっとカタツムリのそばを離れず、ルイスが読書室のドアを叩き、ドン・ロベルトが犬を連れて駆けつけ、怒り狂ったような吠え声の間からネネの呻きが聞こえ、ルイスは「あいつの書斎にいたはずだろう！　あいつの書斎にいるとあの子は言ったじゃないか！」と繰り返しても、指、おそらくレマの指のように細いカタツムリを上から覗き込んだまま、いや、指ではなくレマの手、レマの手がイサベルの肩に触れ、顔を持ち上げて、こっちを見なさい、ずっと私を見ていなさい、そう促す手、その状態が、レマのペチコートにすがって泣きじゃくる顔、その歪んだ喜びに遮られ、レマの手が彼女の髪へ伸び、軽く指に力を入れ、耳元に何か囁きながら慰め、感謝のような、言いようのない共感が口から漏れた。

解説

寺尾隆吉

ホルヘ・ルイス・ボルヘスと並ぶアルゼンチン幻想文学の代表的作家フリオ・コルタサルは、一九一四年にベルギーのブリュッセルで生まれ、八四年にパリで亡くなっている。二〇一四年が彼の生誕百周年、没後三十周年にあたっていたわけだが、それから二年が経過した今振り返ると、この年は現代ラテンアメリカ文学の再評価に極めて重要な意味を持ったように思われる。同じくアルゼンチン幻想文学を代表するアドルフォ・ビオイ・カサーレスとメキシコのノーベル文学賞詩人オクタビオ・パスの生誕百年も重なっていたため、当初からスペイン語圏では記念式典の開催や関連書の出版が予定されていたが、そうした動きが着々と進む最中の四月、『百年の孤独』によってラテンアメリカ文学の驚異を世界に知らしめたガブリエル・ガルシア・マルケスの死というニュースが飛び込み、たちまち黄金時代のラテンアメリカ文学への関心が全世界で再沸騰した。いわゆる「ラテンアメリカ文学のブーム」を支えた作家たちの代表作が売り上げを伸ばすのみならず、シャビ・アイエンの八百ページを超える大作『ブーム、あの時代』を筆頭に、伝記、回想録、インタビュー、研究書など、貴重な資料を含む書籍が現在に至るまで次々と発表され続けている。ロベルト・ボラーニョをめぐるフィーバーが沈静化し、ヒーロー不在となったラテンアメリカ文学の未来を憂慮する声も上がるなか、老若男女、多くの読者がブームの傑作を手に取り、発表から約半世紀が経過しても色褪せることのない文学作品の魅力を再確認することになったのだ。

二〇一四年の大半をスペイン語圏で過ごし、マドリードやメキシコシティ、ブエノスアイレスやモンテビデオを訪れた私は、ガルシア・マルケスと並び、フリオ・コルタサルが相変わらず若者たちに根強く支持されているのを見て嬉しい驚きを味わった。書店には彼の代表作やその生涯に関する評伝が並び、シンポジウムや講演、ドキュメンタリーの上映などがあれば、会場が満員になることもしばしばだった。日本にもファンは意外に多いようで、二〇一四年九月にセルバンテス文化センター東京で行われたコルタサルについてのシンポジウムでは、スペインの大御所作家ファンチョ・アルマス・マルセロや現代アルゼンチン文学の旗手ロドリゴ・フレサンのほか、日本から池澤夏樹が登壇したこともあって、会場はほぼ満員になった。私自身も、二〇一四年中に初期短編集『対岸』と円熟期の名作集『八面体』の翻訳を水声社から刊行し、微力ながらコルタサル文学の普及に貢献したが、その作業を通じて痛感したのは、日本におけるコルタサルの紹介が実に不正確、不十分であるという事実だった。

そもそも、日本にはラテンアメリカ文学研究の担い手が少なく、翻訳者の絶対数も不足しているため、マリオ・バルガス・ジョサやカルロス・フエンテス、ホセ・ドノソといったクラスの作家でさえ、主要作品のすべてが邦訳されているわけではない。世代交代が進んだ近年は、以前のように十年、二十年と重要作品の出版を引き延ばす翻訳家は減り、着実に翻訳点数は増えているものの、依然として未邦訳のまま埋もれている傑作は多い。コルタサルの場合、その最たる例と言えるのがここに訳出した『動物寓話集』だろう。ただし、本書に収録された短編の多くは、ラテンアメリカ文学のアンソロジー本やコルタサル短編集、雑誌特集号などの場ですでに邦訳が紹介されており、「奪われた家」や「キルケ」などには複数のバージョンが存在する。だが、こうしてあちこちで都合よくつまみ食いされたせいで、この短編集自体がかえって新鮮味を失い、現在までなんとも中途半端な形で放り出されることになってしまった。

コルタサル自ら何度も口にしたように、『動物寓話集』は彼の「真の処女作」であり、その意味では、一九五一年にブエノスアイレスのスダメリカーナ社から出版された当時の姿でこの作品を日本の読者にお届けできることの意義は大きい。まさに、光文社古典新訳文庫ならではの企画と言えるかもしれない。

短編小説家フリオ・コルタサルの出発点となったこの『動物寓話集』について、まずは簡単にその成立過程を辿っておこう。

一九三七年から首都ブエノスアイレスを離れて地方都市で教員生活を送っていたコルタサルは、貧困対策と反エリート主義、そしてとりわけ扇動的ナショナリズムを掲げるフアン・ドミンゴ・ペロン大佐とその妻「エビータ」の台頭により、公立の教育機関が過激な国粋主義の支配下に置かれていくにつれて、仕事への興味を失っていった。四四年からは、アンデスに囲まれたメンドーサ市のクーヨ国立大学で（大学中退だったにもかかわらず）英文学や仏文学を講義したが、ここにもやがてペロニズムの魔の手が押し寄せ、政治を嫌うコルタサルは、四五年末にブエノスアイレスへ帰省すると、情勢を見てそのまま講師職を放棄する決意を固めた。この間に彼は、地方の新聞・雑誌に掲載した作品も含め、十数作の短編小説を書き溜めており、これをまとめて四五年に『対岸』というタイトルでブエノスアイレスの小出版社に持ち込んだが、最終的に出版には至らなかった（一九九五年に死後出版）。

ペロン政権が発足した四六年、コルタサルはアルゼンチン書籍協会理事の職に就き、勤務は午後だけという比較的自由なこの仕事のおかげで、翻訳や創作の時間を確保することができた。G・K・チェスタトンやジャン・ジオノ、アンリ・トロワイヤなどを翻訳し、書評や文学論を書くかたわら、習作の域を超えた本格的な短編小説の執筆にもこの頃から取り組んでいる。初めてその成果が出たのは、同じ四六年末、ボルヘスの主宰する雑誌『ブエノスアイレス年報』に「奪われた家」が掲載された時のことだった。ボルヘスの妹ノラの挿絵入りで掲載されたこの短編は概ね評判もよく、作家コルタサルにとって重要な出発点となった。この時編集部に原稿を届けたコルタサルがボルヘスと初めて対面したという逸話があり、ボルヘス自身も何度かこれに触れているが、当時をよく知る人の証言などから、現在ではこれは、どちらか一方、あるいは両者による捏造であることが確認されている。いずれにせよ、この頃のコルタサルがボルヘスの文学作品に心酔していたことは事実であり、尊敬する大先輩に認められたことが大きな自信に繋がったのは間違いない。この『ブエノスアイレス年報』で「奪われた家」を読んで、その作者に興味を覚えた読者の一人が、後にコルタサルの妻となる才女アウローラ・ベルナルデスであり、共通の友人を介して二人は一九四八年の夏に初対面を果たしている。

同じ一九四八年、以前から語学に堪能だったコルタサルは、食い扶持稼ぎの手段として翻訳・通訳の公式資格を取ることを決意し、数か月に及ぶ猛勉強の末、英語、フランス語両方の試験に合格した。この時あまりに詰め込み型の勉強を繰り返したせいでノイローゼ気味になり、それが『動物寓話集』に収録された短編「偏頭痛」を執筆する契機になったことを本人自ら後に認めている。「毒を以て毒を制す」を実践するホメオパシーに強い関心を抱いたのもこの頃のようで、その知識はこの短編の執筆にも存分に活かされている。翌年、友人の紹介で翻訳事務所に職を得ると、順調に仕事が舞い込んで収入は増え、十一月には念願のヨーロッパ旅行を果たした。イタリア経由で憧れのパリへ至り、これこそ理想の町であるのみならず、自らが「パリに選ばれた」ことまで直感したコルタサルは、帰国直後からフランス留学へ向けて可能性を模索し始める。そして首尾よくフランス政府の給付する十か月の奨学金を獲得し、一九五一年十月十五日にブエノスアイレスから海路フランスへ旅立った。周囲にはアルゼンチン帰国後のプランなどを話すこともあったようだが、大切にしていたレコードのコレクションをすべて処分した事実を見れば、最初からコルタサルに帰国の意志がなかったことは明らかだった。現に、この後の彼は、せわしなく旅する生活を送り、プロヴァンスに別荘を構えることもあったものの、生涯パリから活動拠点を移すことがなかった。

詳しい事情は明らかになっていないが、『動物寓話集』の原稿がスダメリカーナ社に持ち込まれたのは、最初のヨーロッパ旅行から戻った後のようだ。日本では、コルタサルがパリ留学に出発する直前、友人たちが無理やり原稿を取り上げて出版社に持ち込み、彼のパリ到着後にブエノスアイレスで出版されたという説が流布しているが、少なくともここ数年に出版されたコルタサル伝にそのような記述は見られない。二〇一二年に全五巻で刊行が終了したコルタサルの書簡集を見ると、一九五一年七月及び八月の書簡に『動物寓話集』の刊行を示す記述があり、また、この前後の書簡を探しても、彼が出版社への原稿の持ち込みを渋った形跡は見つからない。いずれにしても、一九四六年から五〇年までに書かれた短編八作から成る『動物寓話集』は、一九五一年半ばにアルゼンチン文学の名門スダメリカーナ社から出版されたが、以後約十年間、売り上げが伸びることもなければ、文壇で取り上げられることもほとんどなかった。後にスダメリカーナ社の敏腕編集者としてコルタサルの成功を支えるフランシスコ・ポルアは、当時を振り返ってこのように回想している。

私がスダメリカーナ社に加わった時には、すでに『動物寓話集』は出版されていましたが、その初版はほぼ丸ごと倉庫に眠ったままでした。こういう場合にブエノスアイレスでよく起こるように、スダメリカーナ社が面白い本を出したという漠たる噂だけが流れていたのです。アルド・ペレグリーニとか、シュルレアリスム系の雑誌『ゼロから』を読んでいる人はすでにフリオ・コルタサルの名前を知っていましたが、それが誰かわかる一般読者は皆無でした。

（ミゲル・エラエス『フリオ・コルタサル——伝記再考』、バルセロナ、アルレベス社、二〇一一年より）

ちなみに、一九五四年四月の書簡によれば、『動物寓話集』の直近半年分の印税としてコルタサルがスダメリカーナ社から受け取った額は、わずか一四・六〇ペソ（五ドル以下）だったという。彼の作品で初めて増刷になるほどの売り上げを記録したのは、同じスダメリカーナ社から五九年に刊行された短編集『秘密の武器』であり、その後、六三年発表の長編『石蹴り遊び』が大成功を収め、六四年の『遊戯の終わり』増補版（一九五六年の初版は九編を収録していたが、この版では十八編となった）によって作家コルタサルの評価は確立するが、『動物寓話集』に注目が集まるのはそれ以降のことだった。

スペイン語の原題 *Bestiario* は、直接的には十二、十三世紀のヨーロッパに流布した物語ジャンルを示し、「動物寓意譚」、「動物寓意集」などと訳されることもある。この名をとった表題作のほか、「パリへ発った婦人宛ての手紙」のウサギ、「偏頭痛」に描かれた架空の動物マンクスピア、「キルケ」のゴキブリなど、動物が重要な役割を果たす物語が多く含まれていることから、短編集全体のタイトルとしてこれがふさわしいとコルタサルが判断したようだ。後の短編集と比較して特徴的なのは、『動物寓話集』に収録されたすべての作品が、ブエノスアイレスないしその周辺を舞台としている点だろう。スダメリカーナ社から『百年の孤独』を出版した直後にアルゼンチンを訪れたガルシア・マルケスは、ブエノスアイレスに身を置いてみると、一見幻想的なコルタサルの小説作品が実はリアリズム的であったことに気づかされる、と述べたことがあるが、この直感的見解はあながち的外れではない。ボルヘスやビオイ・カサーレスがしばしば完全な虚構世界の創出を文学の理想とし、ガルシア・マルケスらに逃避の文学と揶揄（やゆ）されることもあったのに対して、コルタサルは常に現実世界に片足を残した作家であり、この姿勢は生涯を通じて変わらなかった。すでに『動物寓話集』には、現実世界を出発点として、想像力と物語の動力で次第にこれを変容させながら、現実と虚構、現実と夢の交錯する独特の幻視的世界を構築するコルタサル流の作法が明確に打ち出されている。そして、この短編集でコルタサルが想像力を飛翔させる出発点となったのは、ブエノスアイレスの街であり、様々な要素が複雑に入り組むこの街の生活だった。ボルヘスやビオイ・カサーレスには忌み嫌われたアルゼンチン・リアリズム文学の開祖ロベルト・アルルトをコルタサルが愛読していたのも、彼がブエノスアイレス、そしてそこに生きる人々に抱く関心と愛着の反映だったと言えるだろう。マリアノ・アコスタ高等師範学校時代に都市探険の楽しみに目覚めて以来、繁華街はもちろん、場末の映画館やカフェ、酒場やキャバレーへの出入りはすでに彼の生活の一部となっており、「天国の扉」に現れるような怪しいキャバレー、いわゆる「ミロンガ」も好奇心の対象だったようだ。この作品の語り手、弁護士のマルセロ・アルドイは、かなりの程度まで当時のコルタサルを反映した人物だと考えていいだろう。

ここまで見てきたとおり、一九四五年末から一九五一年十月にわたって六年ほど続いたコルタサル最後のブエノスアイレス生活は、文学作品の翻訳、短編や文学論の執筆、公式通訳資格の取得、アウローラ・ベルナルデスとの交友など、充実した活動に満ちていたが、その反面、母と妹の生活支援や退屈な事務仕事の連続に悩まされることも多く、また、自らの美学の対極にあるペロニズムの攻勢に脅かされることもしばしばだった。後年彼は、こんな言葉で当時の生活を振り返っている。

一人きりの独立したブエノスアイレス生活。妥協を知らぬ独身者であることを確信し、友人は非常に少なく、人間嫌いで、一日中本を読み、映画を愛し、美的領域に関する出来事以外、一切の世事に対してブルジョア的盲目を貫く。

（ミゲル・ダルマウ『フリオ・コルタサル』バルセロナ、エダサ社、二〇一五年

より）

そんな彼にとって、拡声器やプラカードを手に通りを行進し、あちこちの広場で頻繁に騒々しい集会を開くペロン主義者は、嫌悪と軽蔑の対象でしかなかった。

民衆の暴走を前に、我々は常に侵略を受けているような気分でした。数か国語で読書する我々ブルジョア的若者にあの現象は理解不可能だったのです。角ごとに「ペロン、ペロン、君は偉大だ」という叫び声を轟かせる拡声器は非常に不快で、アルバン・ベルクの協奏曲を聞いているときにそんな雑音が入るのですから、たまったものではありませんでした。

（ミゲル・ダルマウ『フリオ・コルタサル』バルセロナ、エダサ社、二〇一五年より）

だが、芸術分野においてしばしば起こるように、コルタサルを創作へと駆り立てたのは、気楽な都市生活よりもむしろ苦悩と憂鬱の体験だった。少年時代から病弱で神経質だった彼は、通訳資格試験の準備期間に襲われたような精神疾患に悩まされることも多く、短編小説の執筆はその重要な解決策の一つ、一種のセラピーでもあった。後に彼は「exorcismo＝悪魔祓い」という理念を持ち出してこの点を説明しているが、コルタサルは自分の心にとりついた妄想や強迫観念を短編小説の形で表現し、具体的なイメージとして吐き出すことによってそれを乗り越えていたのである。

こうした悪魔祓いとしての創作の例として、コルタサル自身がインタビューなどで何度も引用したのが本書収録の「キルケ」だった。ブエノスアイレス時代の一時期、コルタサルは食べ物から虫が湧くという強迫観念に囚われて拒食症のような状態に陥ったが、ある時耐えられなくなって短編小説の形でこの恐怖をぶちまけてみると、どういう精神浄化作用が起こったのか、問題なく食事ができるようになったという。物語の主人公デリアが、ギリシア神話でオデュッセウスに魔の手を伸ばす女神「キルケ」に重ね合わされていることは言うまでもない。似たような例は「パリへ発った婦人宛ての手紙」であり、この作品の出発点は、実際にコルタサルが、パリへ旅行に出た知人女性の留守番役を引き受けて、ブエノスアイレスの中心街から少し離れたスイパチャ通りのアパートで数か月を過ごしたときの体験だった。どう見ても快適なはずの部屋に彼はどうしても馴染むことができず、今で言えばシックハウス症候群なのか、気分の晴れない日が続いて体調を崩してしまった。するとコルタサルは、小ウサギを吐き出す感触に託してこの不快感を表現し、想像力でこれを膨らませて見事な短編小説に仕上げてみせた。

作品の裏側にペロン政権への嫌悪感が透けて見える作品も少なくない。この時期のコルタサルが創作に政治的意図を込めることはなかったが、実際に彼が見た悪夢を再現して書かれたという「奪われた家」は、少しずつ支持を広げて最終的に国全体を乗っ取ったペロニズムの比喩と解釈されることが当初からよくあり、後年政治活動にのめり込んだコルタサルはそうした批評家の指摘を容認するようになった。また、「バス」において、敵意剝き出しの乗客と運転手に必死で立ち向かう若い男女は、ペロン主義の台頭に抗して自由を守ろうとする少数派の姿と重なっているようにも見える。こうした安易な解釈に頼りすぎると、かつて作家スーザン・ソンタグが『反解釈』で指摘したとおり、せっかくの文学作品を矮小化することになりかねないが、政治的背景を踏まえて『動物寓話集』を読み返してみれば、新たな発見があるかもしれない。

読者ごとに好みは様々だろうが、私を含めた多数の研究者や作家にとって、この短編集で最も優れた作品は「天国の扉」である。一九五四年、すでに「アホロトル」（岩波文庫の邦題は「山椒魚」だが、原題のAxolotlはかつて日本でもブームになったウーパールーパーのこと）をメキシコの雑誌に掲載していた時点でも、コルタサルは「天国の扉」をそれまでに書いたすべての短編のなかで「最高の出来栄え」と評していた。また、アウローラ・ベルナルデスもこの短編を非常に好み、コルタサルの死後に彼女が編纂したアンソロジーにも収録している。日本ではあまり注目されていないが、「死」はコルタサル文学を貫く重要テーマの一つであり、死と直接的に向き合う彼の短編には傑作が多い。死について深く考える契機となったのは、一九四二年に見舞われた相次ぐ友人知人の死であり、当時の書簡からもうかがえるように、数か月にわたってコルタサルは悲痛な思いに苛まれることになった。特に、マリアノ・アコスタ高等師範学校時代から文学的趣味を分かち合った親友フランシスコ・レタ（冒頭で言及される「パコ」はフランシスコの愛称であり、『動物寓話集』は彼に捧げられている）の早すぎる死は相当こたえたらしく、『八面体』（一九七四）に収録された短編「そこ、でも、どこ、どんなふうに」を読めばわかるとおり、それから約三十年経過した後ですら、生前の彼を思い出して悲しみに身を引き裂かれることがあったようだ。コルタサルにとって短編小説は、現実と虚構の境界を打ち破って「対岸」へ至るための手段であると同時に、生と死の境界を乗り越えて死んだはずの人間を蘇らせる可能性の模索でもあった。彼の書く短編小説が単なる遊戯にとどまらないヒューマニズムに貫かれているのは、死に対する深い洞察に支えられているからにほかならない。

『動物寓話集』に収録された八編はいずれも読みごたえのある秀作であり、長年未発表のままになっていた前作『対岸』と較べても、完成度は格段に上がっている。夢や悪夢、目に見えない驚異、登場人物の入れ替わり、死、子供の視点、遊び、象徴機能を帯びた動植物など、コルタサル文学の基調となる要素が揃っているのみならず、一風変わったコンマの打ち方と突発的な口語表現の挿入によって独特のリズムを生み出す文体もすでに確立しており、コルタサルの真骨頂を十分に堪能できるだろう。拙訳が原文の味を損なっていないことを祈るばかりだが、こればかりは読者の判断に委ねるほかない。ちなみに、最も翻訳に苦労したのは、コルタサルの好きな言葉遊び（回文やアナグラム）と登場人物の入れ替わりを巧みに絡ませた「遥かな女　――マリーナ・レエスの日記」だった。原文をそのまま記載するのではあまりに安易だし、なんとか日本語で雰囲気を再現したつもりだが、どうだっただろうか。

すでにコルタサルの死から三十年以上の歳月が経過したが、この邦訳によって彼の主要短編集はほぼすべて日本語で読めるようになった。『動物寓話集』は、コルタサルの作品をまったく読んだことのない読者には絶好の入門となるだろうし、コルタサル・ファンの方には、これを機に、『対岸』、『動物寓話集』、『遊戯の終わり』、『秘密の武器』、『すべての火は火』、『八面体』と時代順に短編を追いながら、改めてその変遷をじっくり鑑賞していただきたいものだ。

コルタサル年譜

一九一四年（八月二六日）
フリオ・フロレンシオ・コルタサル、ベルギーのブリュッセルに誕生。父はフリオ・ホセ・コルタサル、スペイン系アルゼンチン人、母はエルミニア・デスコッテ、ドイツ系アルゼンチン人。父は通商問題に詳しく、当時ベルギーのアルゼンチン大使館に勤務していた。

一九一六年　二歳
コルタサル一家は第一次世界大戦を逃れてチューリッヒへ避難。妹オフェリア誕生。その後バルセロナへ。

一九一八年　四歳
家族揃ってアルゼンチンへ帰国。ブエノスアイレスから一五キロほどの町バンフィールドに落ち着く。

一九二〇年　六歳
父が失踪し、家計は逼迫。母方の祖母や叔母が家族に加わる。小学校入学。成績は優秀だが、病弱（特に呼吸器系）で読書好きの子供。デュマ、ヴェルヌ、メアリー・シェリー、ビアース、ポー、ミルトン、ルベン・ダリオ、ラマルチーヌ、ベッケルなどを手当たり次第に読む。

一九二七年　一三歳

小学校を卒業し、マリアノ・アコスタ高等師範学校に入学。

一九三〇年　一六歳

ボクシングの実況中継に熱狂。スタジアムにも足を運ぶようになる。軍部クーデターでイリゴージェン政権が崩壊、アルゼンチンの「忌まわしい十年」が始まる。

一九三一年　一七歳

バンフィールドからブエノスアイレスへ転居。首都探険の楽しみを覚える。この頃から喫煙。

一九三二年　一八歳

教員資格取得。

一九三五年　二一歳

高等師範学校卒業。

一九三六年　二二歳

ブエノスアイレス大学哲文学部入学。

一九三七年　二三歳

家計が苦しく、大学を退学して中学教師の道へ進む。五月、ブエノスアイレス州ボリバルのサン・カルロス国立学院に就職。ひたすら読書に専念する日々。

一九三八年　二四歳

フリオ・デニスのペンネームで処女詩集(ソネット集)『存在』を自費出版。

一九三九年　二五歳

八月、ブエノスアイレス州チビルコイのドミンゴ・ファウスティーノ・サルミエント師範学校の教員となる。

一九四一年　二七歳

休暇を利用して国内各地を旅行。フリオ・デニスの名前でチビルコイの雑誌『デスペルタール』に短編「電話して、デリア」を発表。

一九四二年　二八歳

相次ぐ友人知人の死。親友フランシスコ(パコ)・レタ、義弟ペレイラも他界。

一九四四年　三〇歳

二月から三月にかけて、『ロビンソン・クルーソー』のスペイン語訳を行う。七月、チビルコイを離れ、メンドーサのクーヨ国立大学に着任、英文学、仏文学を講義。ブエノスアイレスの雑誌『エル・コレオ・リテラリオ』にフリオ・F・コルタサルの名前で短編「魔女」を発表。年末までに短編集『対岸』を完成するものの、出版には至らず。

一九四五年　三一歳

教職を放棄し、ブエノスアイレスに居を移す。

一九四六年　三二歳

三月、アルゼンチン書籍協会理事の職

に就く（〜四九年）。六月、フアン・ドミンゴ・ペロンが大統領に就任。創作と翻訳に打ち込むようになる。ボルヘスの助けで雑誌『ブエノスアイレス年報』に「奪われた家」を発表。

一九四七年　三三歳
詩劇『王たち』を完成（刊行は四九年）。文学評論『トンネル理論』を執筆。

一九四八年　三四歳
フランス語と英語の公式通訳資格を取得。文芸雑誌『スール』に批評を寄稿し始める。アウローラ・ベルナルデスと親交。

一九四九年　三五歳
通訳・翻訳によって生計を立てる。一一月、ヨーロッパ旅行に出発、数か月かけてイタリアとフランスを遊学。

一九五〇年　三六歳
長編小説『試験』を執筆するも、刊行には至らず。

一九五一年　三七歳
短編集『動物寓話集』をスダメリカーナ社（アルゼンチン）より刊行。フランス政府奨学生として一〇月一五日にブエノスアイレスを出発、一一月一日マルセイユ着、三日後にパリへ。最初はセーヌ左岸に下宿、後に大学都市へ移る。

一九五二年　三八歳
奨学金給付期間は終了するが、通訳・

翻訳などで生計を立てながら、そのままパリに残る。六月、アウローラ・ベルナルデスと再会。短編「アホロトル（山椒魚）」が雑誌『ブエノスアイレス・リテラリア』に掲載される。

一九五三年　三九歳

四月、ヴェスパで事故に遭い、足を骨折。八月二二日アウローラと結婚。九月、エドガー・アラン・ポー小説集の翻訳を開始。九月一六日、イタリア旅行へ出発。

一九五四年　四〇歳

三月から二か月ほどフィレンツェに滞在。六月、パリに戻る。アウローラとともにフリーランスとしてユネスコの通訳・翻訳を始める。

一九五五年　四一歳

四月、パリ一三区に転居。五月、スイスを旅行。一〇月、ジャズサックス奏者チャーリー・パーカー死去に触発されて「追い求める男」の執筆開始。

一九五六年　四二歳

二月、パリのピエール・ルル通りへ転居。ポー小説集のスペイン語訳をプエルトリコ大学出版より刊行。インド、スペイン、オランダ、ベルギー、ポルトガルなどを旅行。短編集『遊戯の終わり』をロス・プレセンテス社（メキシコ）より刊行。

一九五七年　四三歳

短編「夜、あおむけにされて」がロジェ・カイヨワによりガリマール社（フランス）の短編選集にフランス語訳される。年末、ブエノスアイレスに滞在。

一九五八年　四四歳

短編「奪われた家」がアメリカ合衆国の雑誌『アメリカス』によって英訳される。一二月、マリオ・バルガス・ジョサと会食、以後親密な交流が始まる。

一九五九年　四五歳

短編集『秘密の武器』をスダメリカーナ社より刊行。売れ行きは好調。

一九六〇年　四六歳

長編小説『懸賞』をスダメリカーナ社より刊行。

一九六二年　四八歳

短編集『クロノピオとファマの物語集』をミノタウロ社（アルゼンチン）より刊行。

一九六三年　四九歳

一月から二月にかけてキューバに滞在。三月から四月にはウィーン、プラハに滞在。長編小説『石蹴り遊び』をスダメリカーナ社より刊行。

一九六四年　五〇歳

カルロス・フエンテス、ギジェルモ・カブレラ・インファンテ、アドルフォ・ビオイ・カサーレス、マリオ・

社（メキシコ）より刊行。一二月、キューバへ飛ぶ。

一九六八年　　　五四歳
一月からアウローラとともにインドに滞在し、オクタビオ・パス邸に宿泊。五月、パリ五月革命に参加。アウローラ・ベルナルデスと別れる。九月、ガルシア・マルケスと知り合う。リトアニア人女性ウグネー・カルヴェリスとの付き合いが始まる。長編小説『組み立てモデル62』をスダメリカーナ社より刊行。

一九六九年　　　五五歳
チェコスロバキア、キューバ、ポーランド、ウガンダ、エジプトを旅行。

ベネデッティ、ホルへ・エドワーズ、ホルへ・ルイス・ボルへスらと相次いで親交。六月から七月にかけてドイツからイタリアへ旅行。

一九六五年　　　五一歳
プロヴァンスのセニョンに別荘を建てる。

一九六六年　　　五二歳
短編集『すべての火は火』をスダメリカーナ社より刊行。アメリカ合衆国のパンテオン社が『石蹴り遊び』の英語版を刊行、翌年度の全米図書賞翻訳部門を受賞。

一九六七年　　　五三歳
『八十世界一日一周』をシグロＸＸＩ

『最終ラウンド』をシグロXXI社より刊行。

一九七〇年　五六歳

八月、セニョンの別荘にフエンテス、バルガス・ジョサ、ガルシア・マルケス、ホセ・ドノソ、フアン・ゴイティソロが集結。一一月、チリのサルバドール・アジェンデ大統領の就任式に招待され、サンティアゴに滞在。

一九七一年　五七歳

詩集『パメオスとメオパス』をオクノス社（スペイン）より刊行。三月、キューバで「パディーージャ事件」発生、カストロへの最初の抗議声明に署名するも、二回目の声明には署名を拒否。

一九七二年　五八歳

エッセイ集『測候所文集』をルーメン社（スペイン）より刊行。

一九七三年　五九歳

三月、チリに渡航、そこからアルゼンチンに一時滞在。長編小説『マヌエルの書』をスダメリカーナ社より刊行。九月一一日、ピノチェト将軍のクーデターでアジェンデ政権崩壊、左翼への弾圧が始まる。

一九七四年　六〇歳

短編集『八面体』をスダメリカーナ社より刊行。サウル・ユルキエビッチらと協力してチリ軍事政権の実態を暴く報告書をフランス語で出版。四月、ローマでガルシア・マルケスらとともにラッセル法廷に登壇し、チリ軍事政権の人権侵害を告発。フランス語版『マヌエルの書』がメディシス賞を受賞、賞金全額をチリの反ピノチェト組織に寄付。

一九七五年　六一歳

反帝国主義パンフレット『多国籍吸血鬼に対抗するファントム』をエクセルシオール社（メキシコ）より刊行。四月、トルコへ旅行、正体不明のウィルスに感染し、一か月半の療養。一一月、オクラホマ大学の招待を受けてアメリカ合衆国に滞在。

一九七六年　六二歳

三月、アルゼンチンでクーデターが起こり、軍事評議会が政権を掌握、反対派への弾圧が始まる。四月、コスタリカへ飛び、そこから軍事独裁政権下のニカラグア、ソレンティナーメへ不法侵入。ハバナを経由してパリへ戻る。九月、フランクフルトのブックフェアに参加、バルガス・ジョサと対談。

一九七七年　六三歳

ウグネー・カルヴェリスを遠ざけるようになる。一〇月、モントリオールに滞在し、カナダ人女流作家キャロル・ダンロップと知り合う。短編集『通りすがりの男』をアルファグアラ社（スペイン）より刊行。

一九七八年　六四歳
三月、ウグネーと別れ、サントノレでキャロルと住み始める。絵画をめぐるエッセイ集『領域』をシグロXXI社より刊行。

一九七九年　六五歳
短編集『ルーカスなる奴』をアルファグアラ社より刊行。五月、ポーランドに滞在、その後ボローニャで民衆法廷に参加。九月、キャロルとともにサンディニスタ革命成功後初めてニカラグアを訪問。

一九八〇年　六六歳
四月、ニューヨークのバーナード・カレッジで講演、その後ワシントンD.C.からモントリオールへ。一〇月、バークレーに招かれ、キャロルとともにカリフォルニアに数週間滞在。

一九八一年　六七歳
短編集『愛しのグレンダ』をアルファグアラ社より刊行。七月、フランス国籍を取得し、アルゼンチンとの二重国籍になる。八月、体調を崩して一か月の入院、白血病の診断が下るものの、本人には通知されず。九月、退院し静養、パリのセーヌ右岸、マルテル通りに最後の居を定める。

一九八二年　六八歳
短編集『ずれた時間』をヌエバ・イマヘン社（メキシコ）より刊行。三月、ニカラグアを訪問、ガルシア・マルケスと再会。五月、キャロルとともにマルセイユからパリまで高速道路を探険旅行。七月にもニカラグアを訪問、九月、メキシコへ、その後スペイン、ベルギー、スウェーデンに滞在。一一月、キャロルが急死。コルタサル自身の体調も悪化。

一九八三年　　六九歳

一月、ニカラグアへ、ソレンティナーメ再訪。七月、再びニカラグアを訪れ、ベレンで慰霊祭に参加。八月、スペインのセゴビアに滞在。キャロルとの共作旅行記『宇宙高速の運転飛行士』をムクニック社（スペイン）より刊行。一一月、ハバナでカストロと懇談、その後ニカラグアへ飛ぶ。一一月末から一二月にかけて、アルフォンシン大統領の就任に合わせてブエノスアイレスを訪問、国民から大歓迎を受ける。エッセイ集『かくも激しく甘きニカラグア』をヌエバ・ニカラグア社より刊行。

一九八四年　　七〇歳

一月、パリで容態が悪化し、入院。生涯最後のエッセイでアメリカ合衆国のニカラグア侵攻を批判。二月一二日、白血病のため死去。詩集『黄昏を除いて』がヌエバ・イマヘン社より刊行される。

一九八六年
アルファグアラ社がコルタサル全集の刊行を開始。
一九九五年
短編集『対岸』がアルファグアラ社から刊行。
二〇一四年
一月、アウローラ・ベルナルデス死去。

訳者あとがき

私事になるが、二〇一四年十一月、ブエノスアイレスからラプラタ川を越えてモンテビデオへ向かう船に乗り込んだ私は、何とも感慨深い体験を味わうことになった。隣の紳士が新聞を開いたのを見て何気なく目を向けていると、そこにいきなり現れたのは「アウローラ・ベルナルデスの死」の見出しであり、思わず身を乗り出して目を凝らすと、記事の執筆者はマリオ・バルガス・ジョサだった。私にとっては、ベルナルデスの語る思い出話を中心に据えてフランスで制作されたドキュメンタリーの特別上映を直前にマドリードで見ていたこともあり、高齢で体調が優れないことは以前から伝わっていたとはいえ、彼女の死はまさに寝耳に水で、しばらく呆然としてしまった。紳士が私の反応に気づいた様子だったので、「実は私、コルタサルの翻訳をしていまして…」とこちらから説明すると、紳士は快くその記事を読ませてくれた。自らもローレンス・ダレルやイタロ・カルヴィーノの翻訳をこなし、研ぎ澄まされた文学的感性でいつも夫に鋭い批判をつきつけていたベルナルデスが、少なくとも一九六八年以前のコルタサルの創作に重要な役割を果たしていたことは、ラテンアメリカ文学愛好家には周知の事実だ。それでも、二人の関係をよく知るバルガス・ジョサの追悼文（『エル・パイース』、二〇一四年十一月十六日）を読んで私は、ベルナルデスこそコルタサル以上にコルタサルを知り尽くした人物であり、ウグネー・カルヴェリスやキャロル・ダンロップの存在はあれ、彼女こそが唯一無二、正真正銘のコルタサル夫人だった事実を改めて痛感した。振り返れば、コルタサルの生誕百年を控えた直前の数年間、ベルナルデスは体調不良をおして実に献身的に働き、書簡集や写真集の編纂、さらには伝記作者への協力に奔走していた。そして生誕百年の行事がほぼすべて終了していた段階で他界し、まるで亡き夫に最後の奉公でもするように、またもや文学愛好家の目を作家フリオ・コルタサルにひきつけた。

その時点で私はすでに二作の短編集を訳し終えていたが、敬愛するバルガス・ジョサの追悼文を読みながら、既訳のある作品も含め、もっとコルタサルを訳してみたいと強く思った。そして幸運にも、スペインから日本への帰国後、ほどなくしてそのチャンスが訪れた。大学時代から愛読してきた作家の翻訳を行うことは、文学研究者にとって無上の喜びであり、その機会を与えてくださった光文社古典新訳文庫の関係者各位には感謝の言葉しか出てこない。今後もコルタサルの翻訳は続けるつもりだし、ここ数年に出てきた資料を踏まえて自分なりのコルタサル研究をまとめることで、この翻訳に直接・間接に協力してくれた様々な方への恩返しにしたいと思っている。

二〇一八年二月十二日

光文社古典新訳文庫

奪(うば)われた家(いえ)／天国(てんごく)の扉(とびら)　動物寓話集(どうぶつぐうわしゅう)

著者　コルタサル
訳者　寺尾隆吉(てらおりゅうきち)

2018年6月20日　初版第1刷発行

発行者　田邉浩司
印刷　萩原印刷
製本　ナショナル製本

発行所　株式会社光文社
〒112-8011東京都文京区音羽1-16-6
電話　03（5395）8162（編集部）
03（5395）8116（書籍販売部）
03（5395）8125（業務部）
www.kobunsha.com

ISBN978-4-334-75379-5 Printed in Japan

いま、息をしている言葉で、もういちど古典を

長い年月をかけて世界中で読み継がれてきたのが古典です。奥の深い味わいある作品ばかりがそろっており、この「古典の森」に分け入ることは人生のもっとも大きな喜びであることに異論のある人はいないはずです。しかしながら、こんなに豊饒で魅力に満ちた古典を、なぜわたしたちはこれほどまで疎んじてきたのでしょうか。

ひとつには古臭い教養主義からの逃走だったのかもしれません。真面目に文学や思想を論じることは、ある種の権威化であるという思いから、その呪縛から逃れるために、教養そのものを否定しすぎてしまったのではないでしょうか。

いま、時代は大きな転換期を迎えています。まれに見るスピードで歴史が動いていくのを多くの人々が実感していると思います。

こんな時わたしたちを支え、導いてくれるものが古典なのです。「いま、息をしている言葉で」――光文社の古典新訳文庫は、さまよえる現代人の心の奥底まで届くような言葉で、古典を現代に蘇らせることを意図して創刊されました。気取らず、自由に、心の赴くままに、気軽に手に取って楽しめる古典作品を、新訳という光のもとに読者に届けていくこと。それがこの文庫の使命だとわたしたちは考えています。

このシリーズについてのご意見、ご感想、ご要望をハガキ、手紙、メール等で翻訳編集部までお寄せください。今後の企画の参考にさせていただきます。
メール　info@kotensinyaku.jp

★続刊

失われた時を求めて⑥ 第三篇「ゲルマントのほうⅡ」 プルースト／高遠弘美・訳

祖母の友人ヴィルパリジ侯爵夫人のサロンに招かれた語り手は、ドレフュス事件をはじめ、芸術や噂話に花を咲かせる社交界の人びとを目の当たりにする。一方、病気の祖母の容態はますます悪化し、語り手一家は懸命に介護するのだった……。

怪談 ラフカディオ・ハーン／南條竹則・訳

日本を愛し小泉八雲と名乗ったハーンが、日本古来の文献や民間伝承をもとに、独自の解釈と流麗な文章で情緒豊かな文学作品として創作した怪奇短篇集。「耳なし芳一の話」「雪女」「ろくろ首」「むじな」などの17篇と「虫の研究」の2部構成。

ロビンソン・クルーソー デフォー／唐戸信嘉・訳

船乗りになるべく家を飛び出したロビンソンは、船に乗るたびに嵐や海賊の襲撃に見舞われる始末。ようやく陸に腰を落ち着けたかと思いきや……。未開の無人島で二八年間、試行錯誤を重ねて生き抜いた男の姿を描いた感動作。図版多数収録。